鹿洲
戰紀

第四屆
金車奇幻小說獎　決選入圍作品

樂馬・著

【評審推薦】

原住民的神話故事，常常帶著青翠蓊鬱的自然氣息，與地球宇宙的連結，這是這類作品的過人之處。《鹿洲戰紀》是一篇明顯有著原住民傳奇神話隱喻的小說，作者的文筆流暢，敘事清楚，寫故事的筆法純熟，足見功力。

在故事的架構世界中，作者花了很大的精力塑造出一個壯闊的奇幻空間，但是箇中的設定卻又讓我們似曾相識。在深厚的各民族傳說中，作者巧妙地運用了中國古神話、原住民傳說、先民墾荒航海故事的元素，交錯運用、旁徵博引，堆砌出鮮明而逼真的大時代衝突。

在現實的歷史中，原住民與來自大陸的漢族交手的血淚過往，是當代許多創作的靈感來源。作者在這部作品中選擇了一位法力高強的大龜文族（原住民）女巫，和一位來自龍國（漢人）的英偉青年，在似敵似友的曖昧連結中展開這段屬於大自然的冒險。在故事中不時出現的神獸、妖邪、累世宿敵，寫來鮮活靈動，彷彿它們都是真實存在過的實物，這是作者經營這部作品的成功過人之處。

好看，是我給《鹿洲戰紀》下的結論，讓人讀來不滯澀，也時時帶著引人入勝的氣息。比較可惜的是在故事的鋪陳中較少愛怨的描述，也許這本來就是作者設定人物時既定的方向。但是小說作品也者，本來就是寫「人的故事」，有位大文豪說過：「只要說的是人的故事，就會有人想聽。」多加點「人的故事」，特別是小人物的愛憎嗔癡，是我對這部作品的更大期許。

蘇逸平（名作家、科幻名家）

目次

第一章　龍國遇難者

雨後的朝陽輕輕柔柔，滿天金光似要溶解，洩到青草離離的木叢。寒櫻從山洞出來，踏在濕漉漉的泥地，高掛枝頭的水瑩滴潤編織鮮豔的麂皮。一抹金絲穿透曲折枝枒，灑在寒櫻白皙的臉孔，她的額頭用花墨刺了蜷曲的鮮花紋樣。

大龜文的女人臉部不刺青，不過寒櫻是女巫，因此特地挑了一個美麗的徵紋。

盤桓三日的雨消除溽暑，和風徜徉清晨的樹林，揚起寒櫻披身的衣裳。她走到一塊平整雕砌過的大石頭，在石盆中點燃幾十朵豔紅花，解下衣服，溫和光線照亮玲瓏有緻的胴體。美麗流線的蛇紋自渾圓乳房捲曲，盤繞至肚臍下方。

寒櫻將一頭黑色流瀑往後梳，唱起自古流傳的歌謠，詠讚自然的歌，天地山水合聲迴盪，藉由歌謠向祖靈尋求力量。她是大龜文最出眾、兩大氏族最信賴的女巫，帶來綠繡眼的預言。亦使用遠古時代流傳下來的力量守護上十八社。

她隻身攀越崇嶺，來到斯卡羅的獵場，那是她的族人相親又相憎的世敵。她用魅惑的舞蹈，讚詠的歌謠，讓惡咒降臨鹿群生長的樹林，讓斯卡羅人莊稼貧弱，使他們的勇士無力進犯寒櫻守護的土地。

風中蘊含大龜文祖靈捎來的靈力，灌飽寒櫻每一寸肌膚，每一個珠璣的音節皆深藏對世仇的憎怨。祖靈透過寒櫻的眼看見不久前的激烈征戰，大龜文無懼的男人們死在渡海來的致命武器下，祖靈疼愛的孩子們縈繞散不去的煙硝，慘烈倒在未知的林地。

那些為族人逝去的英靈卻無法屈肢安葬在石棺，他們應當受族人崇拜的軀體只能湮葬野地，無法與親人同居石板屋內。寒櫻告訴花紋美艷的百步蛇，請這些山林的守護神庇護無所歸依的靈魂。

她拾起石盆中的黑色小刀，一邊高唱，一邊輕輕割著掌心，血隨舞步滲地，彈出一朵朵豔花，凝結成神祕而扭曲的圖形。

日光輝映枝葉晶瑩，彷彿漣漣珍珠。石盆發出濃厚綺香，飄煙嬝若幔帳，寒櫻翩舞其中，歌靈舞秀，光耀色馥，像要融入煙霧。

「逝去的英靈，你們是森林的子嗣，祖靈會庇佑你們不被惡靈迷惑，帶你們回到發源的聖山安息。」

寒櫻一邊舞蹈，靈敏的聽覺卻聽見不遠處那些足有人高的草叢傳來窸窣聲，一個頭髮雜亂的男人踉踉蹌蹌撥開草堆，他個子很高，寒櫻的身高在族人間已直逼男性，而眼前的男子還高了她不只一顆頭。

這男人樣貌落魄，衣物破得只能勉強蔽體。

是龍國的渡來人。寒櫻停下旋步，冷冷地盯著他。

「救、命。」男人用佩劍疲憊地撐到寒櫻面前。

受到斯卡羅人襲擊嗎？這一帶布滿斯卡羅的衛哨，他們本來對龍國商旅很熱情，自從發現被騙，態度便轉為敵意，敢隻身來此沒死都算是好下場。

寒櫻對這些莫名來訪的龍國人同樣沒好感，雖然他們的某些技能的確相當厲害，例如耕種，寒櫻從未想過能在貧乏地勢上開墾。

男人身上雖沾滿塵土混著雨泥的潮味，但寒櫻能聞到腥血，他必定經過一番殺戮。一般落單的龍國人落到斯卡羅地盤，只有被割下頭顱的份，若惹怒斯卡羅人，縱然有一支武裝商隊也很難全身而退。不過眼前的男人居然逃出來了，雖然傷勢重得離死不遠。

「救命、救我——」男人再也無力支撐，拋下佩劍倒地。

他顫抖的手努力伸向寒櫻，像要捉住救命的繩索，但寒櫻不理不睬。龍國商人太會騙人，自從他們來到島上，已經騙走許多鹿皮。大龜文附近也有許多租地開墾的龍國人，不過這些龍國農民懇切多了，他們努力耕耘土地，跟攜帶大量物品與滿嘴謊言的商人完全不一樣。

這個男人可能也是來蒐購鹿皮的，也許還有許多同夥，看起來不是被斯卡羅人奪去腦袋就是死在昨天的暴雨。

「求求妳、救我。」

也可能是裝的。

「我會讓你結束痛苦的，希望你的神能找到這裡。」寒櫻瞄準他的脖子，在他充滿哀憐的眼神裡揮刀。

石刀迅速揮落，插在泥地，男人連眼睛都沒眨。

他繼續用龍國語言求救，發出堅韌的求生意志，寒櫻抿著嘴，不得不相信這人真的需要幫助。可是在斯卡羅土地她束手無策，沒有草藥，沒有任何道具，唯一能做的就是用石刀痛快抹掉他。

而且這裡是敵人的獵場，寒櫻必須趕緊結束祭祀，趁斯卡羅人發現前離開。很快斯卡羅的巫師會發現不對勁，海夫亞會發出清脆的鳴聲告訴他們有個女巫降下邪咒。

「救我，我可以給妳報酬……」男人吃力地從破爛的衣裳裡掏出一串彩色圓珠。

雖然孔雀珠的雕工確實很精琢，但那又如何。

「用個孔雀珠想買我的憐憫嗎？」寒櫻蹲下來欣賞那串圓潤艷麗的珠子，她篤定自己掛在脖子上會很漂亮，於是她莞爾道：「難道不怕我殺死你，直接拿走這串珠子。」

一個瀕死的人還想談買賣，寒櫻懷疑他的腦子受到重創。寒櫻盯著他混亂疲憊的眼眸，看見濃厚的求生慾望，他經歷很多苦難，他想活下去。

寒櫻見過上門求醫的龍國農人，他們身染絕症，試過很多方子都沒用，最後才硬著頭皮求取她幫助，但那些人沒一個有這種近乎倔強的眼神。彷彿在警告死神不得靠近，告訴主宰命運的造物者他尚未放棄。

「這眼神出現的不是時候，我幫不了你。你可以祈禱斯卡羅人發現並救治你，不過我覺得你既然還有力氣，不如先說出遺言才不會後悔。」

「求妳、救我、我想活、下去……」男子鬆開手，那串孔雀珠隨之落下。他用盡最後一絲力量，沉沉地昏睡了。

用不了多久這個男人便會衰竭而死。

「如果蒙神眷顧，你會好好活著的。」

寒櫻沒時間搭理他，走回石壇穿好衣服，咒術已經降完，只等時間到便能聽見斯卡羅人惋恨的哀號。

那男人似乎還在動，寒櫻理了理衣裳，扔一大塊帶骨肉給在他跟前。不過肉的氣味也會引來危險的生物。他的嘴如魚嘴開闔，昏迷中也不忘向寒櫻求救，這種生存意志寒櫻前所未見。衝著這一點，寒櫻念了一些咒語，但能不能活著便要看他的求生意志比天命哪個硬了。

寒櫻的身影陷入扶疏森林，雨連續下了好幾日，幸好沒沖掉她做的記號。她可是備受憎恨的女巫，若迷失在斯卡羅人的獵場，下場絕對比那個重傷的男人還慘。

前方泥濘地忽然出現一道大腳印，只有四個粗腳趾頭，寒櫻立刻躲在一排櫸樹後，透過縫隙觀察腳印。寒櫻暗叫不好，想不到會遇到麻煩的東西。她昨天占卜的結果是吉，不過會出現一個巧妙的變數。如此看來，那個突然冒出來的男人就是厄運開頭。

寒櫻屏住呼吸，聽見一道沉重呼吸，厚如被帆布蓋住鼻腔，發出令人不舒服的憋屈聲。那聲音的來源是大腳印的主人，山林巨人孤奴，孤奴介於人與野獸，體型壯碩，力氣極大，皮毛連弓箭都射不穿。

碰見孤奴的可能性很低，遇上了絕對是不幸中的大不幸。牠們的睡眠期很長，一出現必大開殺戒，吃到滿意才回深山裡。

這下寒櫻可以用「倒楣的龍國人」來稱呼那個男人。孤奴正朝她躲藏的櫸樹群踱來，他們嗅覺比狗還靈，只要看見活物無不放過。寒櫻原本還忖為何沒看到斯卡羅衛哨，看來全都躲去安全的地方了，有這怪物在，根本沒人敢闖進這片森林。

孤奴的腳步越來越逼近，寒櫻打算先退回山洞，她悄悄移動，幾乎像用滑的，但一道身影從天上躍下來，渾身臭氣的孤奴睜著一雙可怖的大眼瞪著寒櫻。這隻孤奴體型還不算大，但牠的影子已足讓寒櫻陷入黑暗。

寒櫻迅速反應，往反方向逃竄，孤奴用過膝的長臂向前一攀，一下子就跳到她面前。陣陣惡氣撲面，味道如陳腐許久的動物屍體，傳聞孤奴喜歡把吃完的殘骨丟到同一處，然後睡在上面。

寒櫻覺得鼻子快被燻掉了，氣味濃得像要撕裂鼻腔。孤奴張開血盆大口，一把擒抱而來，寒櫻迅即躲開，冰冷的臉露出微慍。從髮梢裡摸出石刀，平滑刀面泛起鮮麗光澤，黑色刀身瞬間亮如鏡面。

石刀潛藏劇烈蛇毒，只消一點點便能毒死一頭山羌。寒櫻朝孤奴突出的下顎猛捅，刀尖珠瑩般的滴狀物快速染黑牠骯髒的毛，變成死一般的色調。孤奴的下顎很快就不得動彈，只好張著嘴憤怒地追打寒櫻。

刀根本不必刺穿孤奴的身體，刀上的蛇毒便無縫不鑽，頃刻間毒會侵襲腦部，讓大腦快速萎縮，身子自然站不起來，只能蜷曲等死。不過孤奴體質強健，僅一刀不足以斃命。

「你讓我心情糟透了。」寒櫻會讓這怪物後悔惹上大龜文最強悍的女巫。

孤奴行動變慢，彷彿放慢節奏跳著詭異的舞步，寒櫻徐徐走到牠背後，厭惡地將牠踹倒在地，對準牠的脊髓刺下。孤奴背部皮毛化成死黑，死命敲地掙扎，像是一條困在岸上的大魚。動沒幾下，龐大的軀體已被蛇毒侵蝕至深，接著牠突然蹦起來，吐出一大灘黑血跟未消化完的骨頭。獸骨和人骨，還有一把精緻的獵刀，明顯是斯卡羅的樣式。

吐出來的東西比牠本體還燻臭，寒櫻退了幾步，牠卻再次站直身體，怒不可遏地衝向寒櫻。寒櫻立刻舉起石刀，但孤奴跑了兩步便砰然倒地，揚起一陣臭氣。

寒櫻平淡的神情下暗流懼色，連百步王蛇的蛇毒都無法使其一次斃命，而且這體型只能算中下，古老歌謠相傳成熟的孤奴就像一棵行走的樹。

既然這些怪物散布於此，寒櫻還是決定先回山洞躲避，反正斯卡羅人自有辦法處理。她唯一掛心的是孤奴是否也出現在大龜文。

忽然一聲啁啾傳至寒櫻耳邊，她望向南邊枝頭，飛來一隻紅山頭，這鳥兒長著一頭紅毛，宛如尼德蘭人。比起龍國人，大龜文更厭惡尼德蘭，他們遠從西邊盡頭來搜刮鹿皮，並且給予大龜文的敵人可怕弓箭，大龜文許多勇敢的戰士便是死在會發出煙硝味的怪異武器上。

部落長老說那種武器附有惡靈，會神不知鬼不知取走人命。

但紅山頭跟帶來惡靈的尼德蘭人不同，牠是好運鳥，大龜文與斯卡羅都喜歡牠的叫聲。

「嘖，那傢伙好硬的運氣，感動了天命嗎。」寒櫻看著紅山頭忖道。

折返石壇，男人跟帶骨肉卻已不見蹤影。寒櫻警戒地探了探四周，沒發現孤奴的腳印，看來他並非被孤奴抓去果腹。

但就算不是孤奴，山裡能咬死人的生物很多，連看起來溫馴的梅花鹿發怒時也能用角捅死人。

寒櫻發現一道拖東西的痕跡，循著痕跡走到山洞裡，竟發現那個落魄的龍國男人闔眼倚著岩壁，先前留下的帶骨生肉已被啃掉一小部分。不過他的咀嚼能力已弱化到無法嚥下肉塊，變成附近一塊沾滿唾液的肉糜。

男人聽見寒櫻刻意壓輕的腳步，微微動著布滿傷痕的手指，除此再也無其他動作。寒櫻忖他為了爬到這裡已經榨乾所有可用之力，雖然她方才施了一點治癒的咒術，但以一個受重傷的人而言，這絕對是上天庇佑才可能發生的事。

可見他的生存意志多麼驚人。

寒櫻不得不發出讚嘆，這龍國人比縱橫山林的族人們還堅韌。在危險的黑水溝彼岸，肯定有著他必須回去的理由。

她努嘴，喃喃道：「喂，龍國人，你的執著贏了。」

男人發出微弱呻吟，像是在回答。

寒櫻搖頭，不對，他已經無法出聲。

解下破爛的衣服，裡面還有一層被擊凹的甲冑，寒櫻稍微用點力，那鐵製的甲冑便瞬間碎開。她不經懷疑這人到底對斯卡羅做了什麼，居然被打到連鐵甲都裂成碎片。

甲冑下驚見多處創傷，因為浸在雨中，部分都潰爛發疸，並發出濃濃腐臭。寒櫻摸了他的額頭，果然燙如炙火，寒櫻訝異他居然可以拖著如此傷重的身軀來到這兒。

這情形嚴重的死一百次都不算離譜。寒櫻皺眉，打量龍國人強壯的肌肉，不過這不足以說明他為何能撐住這種重傷。如果能挖開他的內臟，寒櫻真想知道這人的心有多強大、多倔強，即使一絲活命的機會也要緊緊挽住。

寒櫻生起火，讓石刀放在上面烤一會，再小心翼翼劃開傷口。石刀上的毒液滲入腐敗傷口，瞬間化作濃稠肉塊，此時百步王蛇的劇毒正好成為救治良方。

紅山頭的聲音從外面的樹上傳來，寒櫻停下動作，看著那抹小小的紅影，沒想到竟把好兆頭直接帶到這兒了。

「神明也不允許我失手，你命不該絕。」

忙了一陣，總算把傷口處理乾淨，手邊卻沒有可以包紮的東西，寒櫻便脫下衣服，將衣服撕成十幾條纏在龍國人的傷處。

若非神兆，寒櫻根本不想做到這份上，畢竟只是個沒瓜葛的龍國人，而且能不能挨過今晚還是個問題。傷口雖然處理好，但沒有退燒跟內傷的藥草，一切只能任聽造化。

洞外乍然迴響尖鳴，寒櫻戒備地盯著空無一物的樹林，那是孤奴的聲響，而且比她不久前擊敗的孤奴還大隻。從聲音傳遞判斷，這隻孤奴的距離對山洞不構成威脅，但聽起來正在發怒，很可能是遇上人了。斯卡羅開始組隊剿孤奴。

這對寒櫻是一樁好事，代表短時間內斯卡羅沒時間顧慮她下的詛咒。

寒櫻忖，紅山頭的喜兆很靈驗。

她收拾龍國人的破爛衣服時，發現裡面有一個沾滿血的布囊，放滿含銀量極高的銀幣。那是一筆能讓龍國商人目瞪口呆的數目。

布囊裡還有一紙勘合符，寒櫻學過龍國文字，她身為大龜文最受期待的女巫，對於外邦的學問也下過一番工夫研究。如此才能知道那些外人何時在說謊。

寒櫻曾聽部落長老說過，只有持有勘合符的大商人才得以與扶桑國進行貿易，扶桑國最喜愛的物品正是鹿皮，這些鹿皮一旦脫手，至少有三倍利潤。寒櫻能肯定這龍國人為何要拚命活著了，只要能完成交易，就能將白花花的銀幣裝滿大船回國。

不過她沒興致探討龍國人跟尼德蘭人為何賭上命也要賺錢，這麼多錢能幹什麼？買食物？買物品？一個人又能用多少呢，假如錢能跟上天買命，也許還能說的通，但在寒櫻眼裡，這些渡海而來的人只是浪費生命賺一堆用不到的東西。

突然一道爍光照進寒櫻眼中，她俯下頭看見落在龍國人身後的孔雀珠，方才寒櫻沒仔細打量，現在細細地瞧發覺這珠子比以往看見的色澤還漂亮，琢工近幾無暇，怪不得這龍國人要拿它做救命的贈禮。

果然是能拿到勘合符的大海商，出手的貨色便與其他商旅不同。

寒櫻拾起珠子，掛在頸子前，不必照鏡子她便知道戴起來很好看。

翌晨寒櫻被香噴噴的油味勾醒，山洞裡瀰漫山豬肉的焦香，她飢腸轆轆地睜開眼睛，好奇這香味從何而來。

「姑娘，妳醒來啦？我本來打算將肉烤好再喚醒妳的。」龍國人蹲著背對著她說。

寒櫻詫異地盯著龍國人，昨天還半死不活的，現在竟能精神奕奕的生火烤肉。

「妳喜歡油脂多的還少的？哎，姑娘家怕胖，這瘦肉部分我就替妳留下。」那龍國人轉動著一大塊烤熟的帶骨山豬肉。

「太快了，你應該還得躺上兩天才能動。」寒櫻將石刀搭在他的脖子上。

「啊……果然還是想吃肥肉嘛……成，我馬上替你處理。」

「別扯開話題，你到底做了什麼，明明受這麼重的傷，怎麼可能復原這麼快。」

龍國人小心翼翼轉過頭，莞爾道：「姑娘，我的命是妳救的，應該問妳自己對我做了什麼吧。」

「你的眼睛在看哪。」

「不是，姑娘，請聽我解釋，」龍國人趕緊把視線從寒櫻呼之欲出的乳房移開，他低頭看著自己身上包紮和寒櫻的衣料完全相同，恍然道：「承姑娘大恩，我一定替姑娘買一件好衣裳當謝禮。」

龍國人不只是因為寒櫻幾乎袒露的乳房而失神，更因為她的姣容，大龜文治下二十多個部落找不到幾個女子有如此美貌。

「不必，我不喜歡龍國服飾。」寒櫻聽他的聲量中氣飽滿，實在難以想像昨天奄奄一息的模樣，不過留心點還是能看見他的動作不俐落，但不管如何這簡直超越寒櫻自身的醫治經驗。

這也包含在紅山頭帶來的喜兆嗎？

寒櫻冷冷俯瞰那個龍國男人，散發無形壓迫。

龍國人感覺場面不對，趕緊說：「我叫公治乘，三天前航行黑水溝時遇到海蛇作亂，又碰上狂風暴雨，結果船翻覆了——」

「慢著，我有叫你自我介紹嗎？」

「沒有……」

「你似乎沒有搞清楚一點，我救你只是因為神兆，你從哪裡來，要去哪裡都不甘我的事。」

寒櫻彈了彈指頭，公治乘忽然眉頭緊皺，猙獰地捧著腹部，「昨天為了救你，我灌輸了一點靈力到你體內，這靈力像一隻會繁殖的蟲，佔據住你腦中一小塊，目的是為了讓你更快恢復，但換句話說，你的身體會變成我的。」

「姑、姑娘，請手下留情，傷口要裂開了……求求妳，妳不愛聽我就不說了——」

「呵，我有說我不聽嗎？接著講。」寒櫻露出睥睨地笑容。

寒櫻能理解公治乘為何如此驚愕，在海的另一頭，女人是不吭聲的弱者，柔弱如水，還淹不死任何人。

公治乘等腹痛平緩後，才惶恐地接著說：「然後我們全被捲到海中，我醒來時身邊除了一堆木板沒有看見其他人。所以我只好朝內陸走，結果聞到一股香味，便走到這個地方了。」

「哦，那你打算怎麼辦？」

「鹿洲有個龍國人聚集的大港口，安鎮港，只要到那裡我就想法子回去。」

「安鎮港啊，離這裡很遠，中間還有很多討厭渡海者的部落。」寒櫻別開臉，指尖蹭著臉頰。

「如果姑娘能帶我到安鎮，我一定百倍報答。」

「我又不是商人，不做買賣。」

「那姑娘胸前掛的孔雀珠又如何說？這不是代表姑娘還是肯接受交易嗎？」公治乘莞爾道。

「龍國人，交易是建立在雙方達成共識對吧？」寒櫻用力的彈著指頭，手指夾起痛苦的公治乘，輕聲說道：「我可沒有答應你任何條件，這條珠子是我光明正大搶來的。」

「是、姑娘說的是……」公治乘緊咬著下唇。

「你現在是我的奴僕，必須稱呼我主人。」
「姑娘、不，主人，請問主人能帶我去安鎮港嗎？」
寒櫻面無表情的說：「不能。我還要回大龜文，沒閒工夫去安鎮。再說安鎮太遠了。」
「現在不去沒關係，之後再去也行。」
「好啊，等個十年二十年也許會去。既然你身體已無大礙，準備上路吧。」
「啊？」
「吃完飯，準備上路。」寒櫻看向洞外，孤奴的氣息似乎越來越近，必須趁早離開這裡才行。
公冶乘被整治兩次後立刻明白該怎麼做，馬上把烤好的山豬肉送到寒櫻跟前，恭敬地樣子訓練有素。
寒櫻忖道，紅山頭的喜兆果然很準，送來一個體質特別強健的龍國男人給她當僕從。公冶乘一副倒楣樣蹲在一旁啃肉，似乎沒想到大難不死卻碰上寒櫻這個怪異女巫。
不過寒櫻說的話並非全是玩笑，她只有很小的時候去過安鎮一次，是由龍國商人跟尼德蘭人建立的大商港，但他們對繁華商港沒有興趣，更沒有去的理由。
倒是龍國商人和尼德蘭人時常想來簽訂商業條約，好進行鹿皮交易。
「大龜文底下有幾個龍國人集散地，偶爾會有從安鎮來的商人經過，等回去大龜文，你再去那兒碰運去吧。」
公冶乘聽見了，急忙諂笑稱謝：「謝謝主人，主人的恩德我沒齒難忘。」

「標準商人嘴臉。」寒櫻見多了，這些商人為了利益連靈魂都能出賣。

兩人嗑完山豬肉，走出山洞外，寒櫻玉手一揮，石壇便消失無蹤。公治乘詫異地看著石壇變回原野，想問卻又不敢開口。

那石壇是祭祀用的結陣，施術者可以根據自己的靈力招喚，但每塊土地通常都有自己的靈守護，因此只有特別高竿的巫祝有能力到對方地盤喚陣。寒櫻正是箇中翹楚，斯卡羅密如漁網的防護也攔不住她強大的靈力。

「主人，我們現在是要直接回大龜文嗎？」

寒櫻眺著前方，昨天走左邊碰見孤奴，但右邊傳來了更濃烈的臭味，顯示更魁梧強悍的孤奴正在逼近。她四望枝頭，沒看見前來報訊的鳥兒。

寒櫻微皺眉頭的樣子像在生悶氣，公治乘受了兩次威嚇，絲毫不敢馬虎，連忙碎步到她跟前問道：「主人，我這身鎧甲乃精鐵所製，若不嫌棄先穿著遮蔽一下吧？」

「由你來選走哪條路，記住了，只要選到不好的路，唯你是問。」

「嗄？這不是強人所難嘛……」公治乘咕噥道，但寒櫻眼睛一瞟，他便趕緊盯著左右兩個方向思考。

「既然你的命大過天，就賭賭看吧。」寒櫻喃喃自語道。

公治乘只好隨便指著左邊。

「確定？」

「也沒別的法子了。」

「好。」

寒櫻向前一步，右手伸到離唇幾吋，精神貫注輕輕呼一口氣。

公冶乘站在她視線死角處，盯著她如冰凝結的側顏，她的臉蛋本身就有種魔力，會讓男人不顧危險想一探芳顏。

寒櫻沒注意到公冶乘的眼神，此刻她相當專注，感受靈在空氣中飄蕩，她的意識與聲音傳到風中，和掌控風的神靈進行對話。她要穿越這片樹林，回到故土，祈求善靈前來協助，鎮壓趁機作祟的惡。

一陣風從山洞吹出來，接著又一陣，吹越吹猛，直把兩人的頭髮揚得漫天飛舞。枝頭顫動了，數萬片綠葉若飛鳥振翅，若海岸迭起的浪濤。

公冶乘覺得風快將他捲起來，寒櫻的身體絲毫不動，靜靜讓風拂起每一根髮梢。風逐漸帶走她的重量，化作風的一部分，自由且暢意的徜徉蒼穹。

公冶乘也發覺自己的變化，他變輕了，輕如羽毛，他就像一根羽毛，即將被大風颳到天上。

「啊、主人，這是怎麼回事——」他吼叫，聲音一下子就被狂風覆蓋。

準備出發了。寒櫻得到允諾，得以借用風的通道，一路回去大龜文。

但路不會這麼順暢，斯卡羅將從中阻攔。寒櫻本不想召喚風靈，每次施法都會耗掉大量元氣，不管幾次都是如此，而且被截斷便無法再次施展。只是見到孤奴出沒，她很擔心部落會發生事端，想早些回去查看情況。

寒櫻伸開雙手，身體每一吋化作輕羽投入風溫柔懷裡，風若慈母捧住她，瞬間大風一捲，她和公冶乘身影消離，只聽見風聲簌簌，還有公冶乘的失聲大叫。

兩人飛得比那些樹木還高，徜徉奧藍天上，看見山巒與河谷，遙望彼端無垠的海岸，浮雲便在上頭，彷彿隨時會衝入悠然棉絮中。寒櫻其實很喜歡這種無拘無束，自由的快感，可惜用不了多少次。

第一次化成風是年紀很小的時候，導師帶著她遨遊夜空，偌大的部落變成幾點星火，讓導師驚奇的是她一點也不怕，反而相當愜意。她嚮往成風，可惜最終還是得回到軀體內。

他們移動非常迅速，快得超乎預期，公冶乘根本無法適應，因此兩人的行進不大順暢。吹了十多里，尚未離開斯卡羅獵場，公冶乘的身體逐漸變重，於是兩人開始失速，寒櫻已來不及調整，血肉的感覺慢慢回流，她的形體在空中漸漸重組。

但公冶乘掉得更快，幾乎是一個人從天上墜下，寒櫻只得盡力護住他。

寒櫻沒算到公冶乘的承受力，因為她從未帶普通人化成風，她以為大家都該跟她一樣習慣。

兩人雖然順利降落，公冶乘卻站不穩腳，踉蹌跑到一棵樹下狂嘔，方才吃的山豬肉全吐了出來。

「你真沒用。」寒櫻抬頭望著四周，幸好已經離邊界線不遠，不過他們仍在斯卡羅獵場的最邊緣處。

「妳——嘔——」公冶乘沒力氣反駁，他痛苦地將不適感排出體外。

「果然還是太勉強嗎？」寒櫻嘖了一聲，看來最後還是得用走的。

「我說主人，要變成風也提醒一下啊……」公冶乘摀住嘴，跌跌撞撞走到她身旁。

「不該帶著你的。」寒櫻冷冷瞪著他。

「妳該不會想殺掉我吧？」

「嗯，這主意不錯，至少不會浪費我這麼多力氣。」寒櫻來回走了幾步，皺眉道：「果然，你是個不幸的人。」

「嗄？」

一道巨影撞開眼前櫸樹，砰一聲震動地面。

流著口水的孤奴踩斷堅硬的樹幹，憤怒地看著他們倆，跟寒櫻猜想的一樣，這孤奴比昨日見到的還要大上許多。這隻孤奴異常氣憤，不像要找獵物果腹，單純想殺人發洩脾氣。

孤奴怪吼怪叫，衝向離牠最近的公冶乘，公冶乘立刻跳開，牠又撞上另一棵櫸樹，竟將樹撞成兩半。

「喂，你不是說你身上的鎧甲是精鐵打造，試試看撐不撐得住吧。」

寒櫻注意到孤奴身上有三個圓疤，她見過那種傷口，來自一種被惡鬼祝福的武器。

砰——砰——密林裡竄出幾道聲響，隨之伴著煙硝，短暫蓋住孤奴的體臭。

「鳥銃！」公治乘一眼就認出那玩意兒是什麼。

孤奴被打得後退三步，但身子依然挺直，這時十多人突然從林子冒出來，他們穿著刺繡精美的服飾，頭戴紅巾紮草，各個體魄強壯。

寒櫻暗忖不好，居然是斯卡羅的勇士，前有孤奴，後有敵兵，這下可不好辦。不過斯卡羅勇士的注意力放在咆哮的孤奴，他們之中有三人拿槍，剛發過一輪，其他人連忙用弓箭掩護，這三人快速填裝火藥，再次擊發。

「這些蕃人竟然會用鳥銃，真是不簡單……」

「很驚訝嗎？以為只有你們跟尼德蘭人會用？」

「不，我豈敢這樣想，挺好的，真的。」

「你捧錯邊囉，他們是我的敵人。」

「……真該死啊，我們不如退後點，先讓他們雙方殺個兩敗俱傷，再做打算。」公治乘尷尬地說。

寒櫻便退到一棵大樹旁。她抽了抽鼻子，想避開刺鼻的煙硝味，她厭惡火繩槍遺留的氣息，那是對高傲戰士的挑釁。但無庸置疑，這些跟尼德蘭人交易來的武器相當有用，就像西洋巫術，能從很遠的地方迅速奪走人命。

寒櫻初次見到火繩槍，是尼德蘭商人來部落裡跟長老和頭目們洽談鹿皮買賣，順便示範了這種長條狀的武器。尼德蘭商人在百步外立靶，精準的命終目標，而且速度飛快，弓箭遠遠不及。

但大長老和大頭目最後沒接受，他們覺得這武器褻瀆以彎刀為榮的祖靈，汙衊部族戰士的勇氣。

可是它們就是非常有用，使大龜文連續小敗幾場，大龜文某些社的頭目也開始考慮要是否與尼德蘭人進行火槍交易。

「主人，我在安鎮港有條線，專門從龍國兵庫走私軍火，保證新穎，而且由我出面能低價購入，若妳有需要——啊——」

「閉嘴。」寒櫻厭惡地掐著手指，她太討厭精明的龍國商人，只要稍微鬆懈就會被看出想法。而公冶乘恰好是極會洞察人的類型。

斯卡羅勇士緩緩前進，觀察孤奴的狀況，孤奴連續受兩次攻擊，堅硬的皮膚已滲出血，但整體無礙。孤奴緊緊握拳，暴露藤蔓般的青筋，一雙凶眼怒瞪，發出沉沉氣息。

持槍的勇士趕緊填裝子彈，弓箭持續發射，孤奴堅實的皮毛彈開箭簇。牠搬起腳邊巨石，嘩一聲擲出。

斯卡羅勇士急忙閃開，火繩槍引信瞬然引發，朝天上打響。孤奴吼如戰鼓，撲向斯卡羅勇士，火繩槍的威力還是奏效的，至少讓牠動作遲緩不少，不過這並不能扭轉差距，牠撞倒兩個人，拖住其中一個往嘴裡咬。

孤奴的咬合力相當驚人，樹幹都能輕易咬碎，因此那人死命抵抗，抽出彎刀拚命往牠頭顱劈砍。

但彎刀啪得一響斷裂，其他勇士立刻聚到牠的巨腳旁，試圖扳倒牠。

寒櫻很好奇，這些斯卡羅人應當知道孤奴最怕木樹蘭花，以往有孤奴出現的年頭，他們都會在箭頭跟彎刀抹上木樹蘭。

若非他們集結太過倉促，就是過於相信火繩槍的力量。

這時不逃跑，還等什麼時候呢？

但孤奴卻突然放下那人，踢飛腳邊所有斯卡羅勇士，牠凝視著寒櫻，莫名充滿怒火。

「我？」

雖然寒櫻確實聽說孤奴很憎惡巫師，卻沒想到是真的。

孤奴撇下其他人，衝向寒櫻。

「主人小心！」公治乘推開寒櫻，伸手拔劍，俐落躲開孤奴。

他順手揮劍，一道劍痕漂亮的連起九個彈痕，一潑血隨劍痕灑出。

自與孤奴抗衡的傳說開始，寒櫻就沒聽過有人能用刀劍傷害孤奴，遑論造成如此大的傷。

公治乘以劍為桿，撐起身體，往空中翻騰一圈，從孤奴背後劃下一劍。孤奴的血比體味還臭，林子隨即瀰漫噁心的氣味，但那些斯卡羅人只在意公治乘到底怎麼辦到的。

寒櫻用食指掩住鼻子，她驀然忖道，這種事情並非沒發生過，很久以前，他們的先祖還居住在寒冷聖山，有個頭目的長子用神劍將巨大的孤奴劈成兩半。
她似乎在孤奴的嘶叫聲中聽見綠繡眼的預兆。但她還沒時間去想那代表什麼。

第二章　劫後餘生的交易

孤奴的五官糾結成一團，痛得昂首怒吼，聲音大的快震破他們耳膜。

公治乘冷劍鋒利，一劃便削倒一棵足需兩名成年人手臂環圍的大樹。寒櫻知道來往海上的海商多半武藝高強，那些亦商亦盜的大海賊更是身手不凡，但公治乘凌厲的眼神一點也不像商人，出招時全神貫注，彷彿與劍合一，若非癡醉武藝怎能散發如此強勁的氣息。

公治乘跳到樹幹上，他的攻擊雖奏效，但無法一次擊倒孤奴。但能做到這程度，已足讓斯卡羅勇士目瞪口呆。

一名斯卡羅勇士注意到倚著櫸樹凝視戰局的寒櫻，驚訝地盯著她胸口的百步蛇頭，他慌忙地招呼同夥，十多人的視線緊盯她胸脯。敢在胸口刺百步蛇的女人除了讓人聞之喪膽的女巫還有誰？

他們在之前的交戰中已領略過寒櫻的厲害，火繩槍固然強力，但對上山林裡呼風喚雨的女巫還是暫不了上風。

前有狂暴巨人，後有虎視眈眈的女巫，這兩邊都惹不起，於是他們窸窣討論退路。拿火繩槍的斯卡羅勇士抓緊機會填充彈藥，趁孤奴猛追公冶乘瞄準射擊。

孤奴背後中彈，拋下公冶乘往他們撲過去，那些人一哄而散，寒櫻跟著退了幾步，孤奴一把擒斷櫸樹，大樹橫倒在斯卡羅勇士前，他們見狀立刻逃走。但樹倒下時殘枝正好砸中體型較小的斯卡羅人，他慘叫倒地，左腳被樹幹絆住，他的同伴已經消失無蹤，寒櫻不疾不徐走到他身旁，露出似笑非笑的詭譎表情。

比起孤奴，寒櫻無法揣度的神情更讓他畏懼。

孤奴指頭插入樹幹，揪起受傷的斯卡羅人丟到嘴裡。公冶乘彈劍起身，踏幾步躍到孤奴頭上。寒櫻看見一道強光從公冶乘體內激發，那柄劍不再是鐵塊鑄成的死物，靈活自若，而且精悍無比。公冶乘大喊一聲「吒！」，一劍割斷孤奴的頭顱，腥血噴如泉湧，斯卡羅人被髒臭的血染了滿身，重重摔下。

孤奴低沉的哀鳴震盪樹林，驚起大量飛鳥，寒櫻摀住耳朵，看著沒頭的孤奴踉踉蹌蹌走到一顆岩石旁，巨大身軀猛然撲下，將岩石碎成細塊。一陣飛砂瀰漫，空氣夾帶濃臭，那顆仍睜著怒眼的首級正滾至寒櫻跟前。

「你的樣子實在不像商人。」

「主人，您是不是偷看我藏在兜裡的勘合符？我從沒說過我是商人，這勘合符是我雇主留下的，只不過他沒機會拿回去了。」公冶乘甩去劍上污血，露出疲憊的笑容。

「哦，一、二——」

公治乘雙腳忽軟，只好一腳撐地。

「逞強的樣子不像商人，商人沒有這麼蠢。」寒櫻用指尖勾起他的下巴，「但你的身分是什麼不重要，不過別輕易死了，我還需要人服侍。」

「是……」

寒櫻沒問方才那道光從何而來，結束戰鬥的公治乘又恢復原先唯唯諾諾的嘴臉，彷彿拔劍收劍時是兩個不同的人。

但可以肯定公治乘強得讓人震撼，沒有巫術的幫助下，竟能負傷解決一隻孤奴。要知道縱然有木榭蘭花，也得十多人才能擺平一個孤奴。

當然巫力強大的巫祝又是另一回事了。而且公治乘最後發出的光芒肯定不是劍術，寒櫻說不上那是什麼，也許是某種龍國巫法？

「主人，那裡有人受傷了。」公治乘指著不遠處的斯卡羅人。

他看上去還不到十四歲，是那群勇士裡體型最小的，腹部被孤奴的手爪割傷，已經有一塊地方化膿，寒櫻判斷明天日出他就會在萬般痛苦中回歸天地。

「我沒瞎。」

「不救他嗎？」

「斯卡羅世代與我族為敵，救了只是多添一個麻煩。」

「主人菩薩心腸，此刻又何須分敵我。」

「菩薩是什麼？」

「便是指主人慈悲為懷，願意對傷者伸出援手。」

「救你，只不過是聽從紅山頭的預兆，否則你現在也該跟他一樣倒在地上呻吟。」

「主人的意思是只要有那紅鳥兒鳴叫，您便肯救他？」

寒櫻眨眨眼睛，輕彈指頭，看著公冶乘痛苦的捧肚子。

但公冶乘捏緊拳頭，吃力撐住身體，堅定盯著寒櫻美豔的眼眸。

「主人，您知道如果這時候不救他，他會死的。這裡不曉得還有多少怪物……」

「對，就跟你昨日一樣。救了他有什麼好處呢？他給不了你喜歡的銀幣，也無法讓你搜刮鹿皮。」

「我只是不想再有人死在我面前。我眼睜睜看著給我錢的雇主被海蛇抓走，那是我第一次失手，所以，我不會讓那個孩子死在這裡。」

「這樣做能安撫你的心嗎？」

「不知道，至少我不會後悔。」公冶乘望向四周，尋找鳥蹤。

「傻子，就算你抓來紅山頭，也不是喜兆，我仍不會救他。」寒櫻慵懶盤起頭髮，露出緊實的肩膀肌膚，然後一把石刀出現在手上。「像你這樣拿錢辦事的人也會憐憫別人嗎？救他並不會改變你雇主死掉的事實，還可能被斯卡羅小鬼反咬一口。」

「無所謂，我只想對得起自己，若他想對我刀劍相向，也是之後的事了。」公冶乘堅決地說。

紅山頭的預兆並沒提到公冶乘如此倔強，但跟預兆一樣是個非常奇特的人。

「你不是最會計算嗎，說說看，我救他有什麼好處？」

公冶乘低下頭，又看向呻吟的斯卡羅人，寒櫻不缺任何東西，又有什麼能交易。

寒櫻見他不說話，便繼續道：「更何況所有東西都用來救你那條殘命，現在只剩這把沾了王蛇毒的刀，被劇毒毒死比讓孤奴吃下肚痛快多了。」

「告訴我哪裡找的到草藥，我立刻取來。」

這人到底是貪婪市儈的保鑣，還是心懷慈悲的聖人？昨天公冶乘求寒櫻的神情，像是能為活命連靈魂都能賣掉，現在卻為一個陌生人而乞求。但不管哪種樣子，求人的姿態倒是沒變，盡顯商人本色。

寒櫻走到斯卡羅人身旁，迅速一刀抹過脖子，他瞬間停止喊叫。

「只是暫時麻痺他的傷口，我需要安靜。喂，是你要救的，扛起他吧。」寒櫻將刀收回頭髮裡。

「是，謝謝主人。」公冶乘趕緊扶起昏厥的斯卡羅小子，「主人，我們要去哪？」

「走就對了。」寒櫻望向東南方，手插腰說：「迓仙崖，那裡有很多木槲蘭花，可以清掉孤奴瘴氣。」

「迓仙……難不成有神仙嗎？」公冶乘扛起小子，笑問：「以前就聽說東南鹿洲有仙氣，若真有仙緣碰上，說不定能學點長生不老的皮毛。」

「怕是神仙不收市儈俗人。」寒櫻倒不意外，龍國人好神仙之術，求仙求道者比比皆是，而且像公冶乘這種拚命想活的人，肯定更有興趣。

「求了仙法，正好賣給富貴之家。」

「哼，長生不老就是怪物，孤奴若沒被殺死，也是長生的。」

「總會有這種想法的人啊，富貴者誰不想永生享受世間繁華。」

「這話套在你身上倒挺合適的。不過活這麼長要做什麼？」

「活著活著，說不定就能找到目標。」公冶乘莞爾道：「但窮人還是別打長生不老的主意，百年壽命夠折磨了，何況永生永世。」

「你那張嘴再不停下，背上的斯卡羅人就要死囉。」

「唉呀，主人，咱們快走吧。」

沒有拿劍的公冶乘顯得傻里傻氣，和那些滿腦利益的商賈毫無兩樣，但想到他殺孤奴時冷酷的模樣，寒櫻不禁忖度他是否刻意偽裝。冷血也好，憐憫也好，市儈也好，慈悲也好，彷彿都不是公冶乘真實的樣貌，可以確定的是他一直在偷偷觀察每個人，並且觀察入微。

「主人，還不走呀，漏了什麼東西嗎？」

寒櫻沒回話，她想起離開部落前做的占卜，透過綠繡眼預知的眼眸看見渾沌，這表示大龜文將面臨一場變異。根據傳說，孤奴出現表示世間將有變化，很久以前他們的祖先居住在聖山，某日卻忽然迸出大量孤奴，那位拿神劍的頭目之子擊退孤奴後便率領族人往南方尋找新生地。

後來傳說流傳孤奴每隔幾年到幾十年就出現一次，期間也無異常，大家都知道木榭蘭花可以擊退這些巨怪。

寒櫻揉了揉太陽穴，放鬆神經，這幾日為施詛咒已消耗太多體力，又碰到孤奴橫行，她多想躺在柔軟的獸皮上酣睡一番。她忖這些麻煩事還是等到迓仙崖，見到師傅再做定奪。

迓仙崖坐落海角，地勢孤峭，從側面看像一頭鹿，陡峭的地方則像鹿角。迓仙崖以前叫巴諾乎斯納（鹿崖），正好位於大龜文、斯卡羅交界，他們的先人在此各立一面大石雕，宣示界線。

自從寒櫻的師傅伊拉露門搬到這裡，地名便改成迓仙崖，兩方頭目長老也沒多問，因為伊拉露門是個極強大的女巫，有人說他發怒時甚至能捲起大海。

抵達迓仙崖時已近黃昏，夕霞罩著天穹，海面也被染成霞紅。公治乘氣喘吁吁地將斯卡羅小子輕放在石雕前，揹著人走這麼長的路，體力再好也會累垮，況且他的傷尚未痊癒。

「想不到你也會累，我當你能不眠不休呢。」

「主人，別說笑了，我有血有肉，哪能不累啊。」公治乘倚著石雕喘道。

「我建議你別靠著它，算了，已經來不及了。」

「什麼？」公治乘累得聽不清楚寒櫻的警告。

嘶嘶嘶——一條巨蛇猛然纏住公治乘，血盆大口吐出長長蛇信，蛇信兩端溢著血光，彷若兩把刀。上下八顆尖牙則似尖銳長槍，一口便能把人咬成兩段，公治乘一掙扎，巨蛇捆得更緊。

「走開啊，小心我砍了你！」公治乘叫道。

寒櫻露出一抹淺笑，坐在旁邊看一人一蛇交戰。

「主人，救我啊——」

「孤奴你都不怕了，王蛇應該奈何不了你吧？」

「我沒法拿劍啊！」公治乘驚慌地看著巨蛇，「您該不會是主人的師父吧？還請老人家大人有大量，饒過小的一次。」

「呵呵，有趣了，我看你只能乖乖當牠的晚餐。」

「我賤骨賤肉哪裡好吃，您老人家高抬貴手啊！」

見公治乘驚慌失措，寒櫻笑得越是開心。

巨蛇舔著他的臉頰，一雙澄黃鈴眼滿意打量獵物。

「寒櫻，許久沒見妳笑了，妳不救他嗎？」

「他連孤奴都殺掉了，我想瞧瞧他還有什麼本事。」

「哦？」

一道身影蓋住霞光，使蛇信變得更豔紅，嘶嘶聲響彷彿夜裡鬼祟的生物。

「小乖，別逗他了，把他捆死了以後就看不到寒櫻的笑容。」

巨蛇立刻鬆開身子，往一旁簌簌爬行，公冶乘好不容易脫身，卻要摸劍砍向牠。

一隻刺著木樹蘭花的手按住劍鞘，公冶乘看見一張疊滿皺紋的老臉，在晚霞輝映下散著無光澤的白髮。她是寒櫻的師父伊拉露門，臉龐被無數歲月削蝕，但眼神依然炯炯，毫無老邁。伊拉露門的眼睛跟寒櫻一樣大，充滿靈氣，脖子掛著好幾條琉璃珠，打扮華麗，雙手紋飾著美麗的木樹蘭。

「小子，你想幹嘛呢？」

「沒、我沒力了，想用劍當拐杖撐起身體——」

「哈哈哈。」寒櫻忍俊不住，放聲笑出來。

「真是危險的傢伙，一會求饒，一會又目露凶光。」伊拉露門拎起公冶乘，從頭到腳掃視一遍，略顯訝異地說：「好濃的臭味，的確是孤奴的血，受了這麼重的傷居然沒死，你用了什麼法術？」

「是主人救我的。」

巨蛇盯著公冶乘握住劍柄的手，公冶乘趕緊說：「蛇兄，我什麼都沒做，別這樣看著我。」

「小乖通常不吃人，但你這種人我就不知道了。」伊拉露門放開他，瞥向寒櫻，「看來時間會改變人這句話沒說錯，妳居然救了這麼苟且的龍國人。」

「妳說過紅山頭的喜兆絕對準確，我只是聽妳的話。」

「如果聽我的話就不會讓我孤零零住在崖邊，一年只來看我一次。反正這次來也是有事吧。」

「是，這裡有個男孩受傷了，主人說迓仙崖有東西可以救他。」公治乘說明來意。伊拉露門看了昏沉沉的斯卡羅人，便要公治乘把他抬進山洞裡。

這時伊拉露門問寒櫻：「妳打什麼主意？」

「師父，那個龍國人隻身解決了孤奴，我看不透他身上隱藏的力量，所以才想讓妳瞧瞧。」

「嗯，有股奇怪的氣在他身體流竄，也許是某種護身的法術。」

「您也看不出來嗎？」

「世上千奇百怪的東西太多了，有不知道的也不稀奇。不過這人特別怪，一直在觀察我們，到底是小心翼翼，還是另有所圖。」

「我在他身上種了一點魂，他不敢亂來。」

「誰知道這種小人會做什麼，他救斯卡羅人也許是在演戲。」

「演給誰看？」

「當然是妳，傻女孩。他想去安鎮港，妳又在他身上種魂，當然得博取妳的信任。」

「怕是白費工夫了。」

「我看未必，以往那些龍國商人花費心思想逗妳笑，妳總板著臉，不肯多說，現在可不同。」

寒櫻倒是接不上話。自她成為大龜文首席女巫，每個商人都想討好她，以便順利和頭目們溝通交易，但她對各種海外珍奇沒興趣，也不希罕廉價的讚美溢詞。公治乘卻是個爐火純青的小人，求饒時聲淚俱下，寧可捨尊嚴求生，該狠時絕不留手，寒櫻不得不說所有見過的市儈人物中沒一個比的過他。

「對了，高佛社已經受到孤奴騷擾，據說有十多隻孤奴在大龜文境內。神讓那個龍國人來到我們的土地，絕非偶然，可以利用他的力量阻止孤奴。」

「我不靠他也行。」

「沒錯，但浪費時間。雖然我已經不管大龜文跟斯卡羅的事情，但我還是要提醒妳斯卡羅的大頭目已經跟尼德蘭首領簽訂合約，這陣子從崖上就能眺見懸掛尼德蘭旗幟的炮船。」伊拉露門嚴肅地皺起眉頭說：「尼德蘭的炮船可以轟死海蛇，更能對大龜文造成巨大威脅。」

「幸好炮船沒有腳，走不到山裡。就算它來了，我照樣吹翻它。」寒櫻自傲地說。

「前提是妳必須先處理完孤奴。上天讓他出現在這裡是有道理的，寒櫻，妳必須利用他的力量，這也是為了妳要守護的族人。」

「主人，主人師父，接下來要做些什麼？」公冶乘跑來問。

伊拉露門說：「然後閉上你的嘴巴。」

等伊拉露門進去照看斯卡羅小子，公冶乘才敢提起安鎮港的事：「主人，這裡離您說的龍國人村落有多遠？」

「我又不住這裡，得問師父。」

「那個，您師父是不是不太喜歡我，她不會叫那條大蛇咬死我吧？」

「這裡沒人喜歡你。如果想活著回去安鎮港，最好的方法是閉嘴。」寒櫻招了招手指，讓公治乘倒地捧腹。

說實在話，她覺得公治乘痛苦的表情很好玩。特別是他求饒的神情。

「主人、我快死了，主人——」

這時公治乘想到寒櫻才叫他別說話，他只好緊緊抿嘴，臉孔猙獰地悲求。

過了半晌，寒櫻才停止戲弄，她吩咐公治乘去附近撿些柴火。公治乘連忙稱好，往林子奔去。

寒櫻還是很難相信那個作賤自己的龍國人有殺孤奴的本領，若非有所謀，就是個難得一見的混蛋吧。寒櫻也深信公治乘只要找到機會定會反咬一口。

她走進伊拉露門布置的山洞，門口堆了大量藥草，裡面整齊放著許多動物頭骨，地上則由草蓆、獸皮分別鋪著，完全仿照以前的住屋。六年前伊拉露門把位置交給寒櫻，便到念念不忘的迓仙崖離群隱居。

寒櫻記得小時候某個寒夜，伊拉露門在火堆前教她唱讚勇祖靈的歌謠，也提到迓仙崖這個名字的由來。百年前有群龍國人遭遇船難，生存者被神仙帶到崖邊，並成功獲救回到龍國，之後神仙不知蹤影，而這裡也被龍國人稱為迓仙崖。

神仙之說起源龍國，本跟大龜文女巫打不著關係，伊拉露門卻說：「比起巴諾乎斯納這麼直白的稱呼，迓仙崖美多了。」

於是寒櫻也跟著叫習慣這個名字。

入夜後伊拉露門已經替斯卡羅小子治療完，還嚷嚷肚子餓，公治乘早已忙進忙出，炙燒好鮮美多汁的野鹿肉，細心的切好一塊並用紫蘇葉包起來遞給伊拉露門。

「你這人心很細，心眼又多，沒想過去當生意人嗎？」伊拉露門笑問。

「大主人，做生意要本錢，我除了這條命一無所有。況且這次雇主罹難，我還收不到錢，只能認賠。」公治乘嘆道。

「人活著總有會轉機。」伊拉露門吞下那塊恰到好處的烤鹿肉，滿意地說：「我恰好需要一個人幫忙，感謝紅山頭把你帶來了，這件事對你來說一點也沒難，還能得到豐厚報酬。」

「大主人既然吩咐，我絕對義不容辭，但還是得先聽看看內容才好定奪呀。」公治乘滿懷期待的說。

「跟著寒櫻一起清掉所有孤奴，然後你就能得到那顆骷顱旁邊的三個大箱子。」伊拉露門用下顎點著。

公治乘走到箱子旁，沉下眼眉說：「孤奴啊……其實我打敗那隻巨人也算是僥倖，而且還有二十隻呢，恐怕我──」

「打開看看。」

公治乘俐落掀開最上面的箱子，一道銀輝如月光盈滿山洞，他嘴角不禁上揚至最大角度。

「純正的佛郎銀幣，第二層是扶桑大判，第三層放了收藏非常多年的鹿茸。我想這些夠買你的劍跟勇氣吧？」

「大主人出手太大方了，這我怎麼擔當的起？」公治乘抓一把銀幣，手止不住顫抖。

「擔當不起，你可以免費幫忙。」

「不，我交易最講究信譽，只要銀錢到手，絕對誓死完成交辦事情。」公治乘闔上箱子，貪婪地問：「大主人，這三箱真的都要贈我？」

「贈？你的用詞錯了，你得先清除所有孤奴，然後活著回來扛走它們。」

寒櫻嗤道：「看見銀子身體便好了？」

「主人見笑了，俗話說：『人為財死，鳥為食亡』，天經地義嘛。」公治乘搓起手，闔不攏的燦笑完全道出他內心多麼激昂。

「這筆買賣做不做？」伊拉露門從衣服內拿出木製的旱菸桿，塞進tjamaku（按：菸草）。

寒櫻覺得被師父低估了，今日縱沒有公治乘出手，她照樣有辦法收拾孤奴。她可是讓人聞之喪膽的女巫啊，居然還得需要外人幫忙。但伊拉露門說的沒錯，必須留些力氣處理即將面臨的危機。

公治乘恭敬地上前點菸，伺候人的功力簡直不亞於劍術。

伊拉露門滿意地：「寒櫻，明日一早妳帶這小子去高佛社。」

這已不是疑問句，寒櫻只能答應。

燈火被撲滅後，僅剩熒熒火光一閃一熄，寒櫻枕著小乖冰涼的身軀，恰好驅散夏夜的悶。被救回來的斯卡羅少年也倚著牠呼呼大睡。

公治乘蜷在三層寶箱旁，卻毫無睡意，他悄悄起身，偷偷摸出山洞。

銀盤高懸，海靜風平。望著黑壓壓的海垠，夜裡太過靜謐，使得捲上岸的浪濤聲近如眼前。他取出火摺子，形成懸崖上伶仃的小紅花，像是落難者向過往船隻發出訊號。當然此刻海上連片木板也沒有。

「夜裡不睡，想當賊？」

忽然冒出的小火花燃燒闃靜的夜，公治乘知道那是伊拉露門的旱菸桿，趕緊收起火摺子。

「大主人您也睡不著？」

「別找了，這裡到處都是陷阱，得等我睡醒才能救你。還是你想抱著銀子跳進海裡？那下面全是渦流，比孤奴還難猜測，我可以保證不熟海象的人死無葬生之地。」伊拉露門的語氣相當愜意，彷彿講述稀鬆平常的事情。

公治乘解釋道：「我絕對沒有逃跑的念頭，再說主人還沒替我解咒，我能跑哪去呢？」

菸桿照亮公治乘慌張的側臉，伊拉露門笑道：「水無孔不入，小人無縫不鑽。幸好你不是惡人，否則小乖絕對會把你當成儲糧。」

「您真的誤會了，大丈夫一言九鼎，答應的事豈能不做到。」

「恐怕你對我們不這麼想。我們族人並非好騙，只是不願猜忌你們的笑容。」伊拉露門告誡道：「不過你比我懂做生意，生意人嘛，只有做生意的時候可以信任。所以高佛社的孤奴就拜託你了。」

公治乘惶恐地說：「大主人，既然您跟主人法力高強，何必又用重金聘我？」

「我還以為你只管收錢。」

於是公治乘不再提問。伊拉露門吩咐他隔日還要早起，別太晚睡，便回山洞裡。

翌晨公治乘起得很早，燒火做飯毫不含糊，等伊拉露門跟寒櫻起床時，美味的菜粥和炙烤山豬肉已準備完畢。這對師徒晨起必先到戶外冥想，卻不是跟祖靈或精靈對話，這套呼吸吐納的方法乃伊拉露門多年前向一位龍國道人學的，可以維持一整天精神煥然。

練完冥想，用過早飯，寒櫻便帶著公治乘往高佛社，還順便攜了一把木榭蘭。

高佛社離迓仙崖不遠，這時林子裡卻不人見人影，連個聲響也沒有。照這個時節，正是獵物滋繁的時期，但地上大多帶著腐肉的白骨。

從人骨和鹿骨判斷，肆虐的孤奴不少於四個，各散於高佛社四周。

空氣裡殘留孤奴的臭味，可以藉此追蹤孤奴。只有巫師跟經驗老道的獵人能聞到。

「好臭，這些傢伙都不洗澡啊。」

寒櫻雖然不願承認，不過撇開勢利貪婪的性格，公冶乘的確高強不凡。

走了一段路，林子中忽然射出一支急箭，公冶乘快劍揮斬，一道劍光將它劈成兩半。

寒櫻瞥著染上木榭蘭的箭簇，看來高佛社已組成獵殺孤奴的隊伍，果然樹林裡走出一隊高佛社戰士，有十個人，弓箭跟彎刀都漂染過木樹蘭。那些戰士認得寒櫻，兩方便上前相認。

十個裝備齊全的戰士要剿殺孤奴並非難事，寒櫻很好奇高佛社為何還向伊拉露門求援，但高佛社戰士悲愁地說木樹蘭對孤奴僅造成些微傷害，反而損失了好幾個人。

孤奴出現抗性了，這是數百年沒見過的景象。以前也曾有過這種情形，但那是很久以前，久得讓人以為這是祖先編出來嚇唬人的謊言。

寒櫻總算明白伊拉露門的用意。

「龍國人呢？」這時寒櫻發現公治乘不見了。

方才他還在身旁的，一眨眼人竟消失。頃刻不遠處傳來巨大慘叫，寒櫻對這聲音再熟悉不過，連忙跟高佛社戰士往聲源跑去。

只見公治乘甩掉劍上濃稠腥血，一隻奄奄一息的孤奴則倒在一旁殘喘。高佛社戰士訝異盯著公治乘，這可是連祖傳的木樹蘭都傷不到毫毛的怪物，竟然如此輕易被擊倒。

「如何，主人，這錢沒白花吧？」公治乘喜孜孜地說。

「還沒殺完呢。」寒櫻掩著鼻子跨過孤奴粗壯的小腿。

接著公治乘緊緊捧著肚子，痛苦地喊道：「我知道了，下次我絕不會一個人亂跑，放過我吧！」

但寒櫻裝作沒聽見，顧著指揮高佛社戰士，「十極尺處，分兩組左右包抄，同時對頭手腳攻擊，試試木樹蘭能不能造成傷害。」

高佛社戰士得令後立刻動身，寒櫻這才停止教訓公治乘。

寒櫻看見他憎恨的神情，不過她不在意，唯有如此才能好好壓制住這居心剖測的龍國人。

一行人又往孤奴出沒的地方趕去。離高佛社越近，這些高佛戰士便心慌意亂，若讓孤奴闖進部落，難免會出現幾個犧牲者。

然而接下來出現的泥黃色孤奴更讓他們驚訝不已，體型更龐大，臭得幾乎要讓地面寸草不生。牠踏過之處，生命瞬然殞落，簡直是上天派來懲罰大龜文人的惡魔。

牠發出斷斷續續的嘶吼，迅速奔向寒櫻，左右兩組高佛戰士同時射出弓箭，但那泥黃腐朽的身體硬如鐵甲，完全不起作用。甚至木榭蘭也枯萎了。

這絕對是可怕的詛咒。

寒櫻只好讓公冶乘的劍試試。

泥黃孤奴看見公冶乘爬到樹上，暴躁地揍凹那棵大樹，公冶乘彷彿猴子，靈巧的掛在樹枝上擺盪。孤奴再發一拳，公冶乘盪到牠身後，霎然拔劍，湧出強烈劍氣。

劍氣若有靈性，附在公冶乘身上，這次寒櫻觀察的更仔細，劍光裡伏蘊腥紅，挾帶極重殺意。那把劍如嗜血活物，指引公冶乘攻擊孤奴。

寒櫻已不知是公冶乘操劍，還是劍控制他。可是那柄劍又不被東西附身，至少寒櫻沒有感應到任何非人之物。

劍招凌厲，卻未讓孤奴倒下，公冶乘也感到詫異，退到一旁伺機而動。

此時孤奴猛然撲倒他，如樹幹般的硬拳正好打在劍身。換作一般刀劍，絕對經不起這怪物一擊。

雖然公冶乘被擊倒，劍身卻只鈍了一角。寒櫻不禁想這得用何種神鐵才能打出如此堅硬的劍？不過堅韌的可能不是劍本身，而是公冶乘拔劍時散發的氣息。那股氣息護住他的身軀，讓他在強烈重擊下依然挺住。此時公冶乘笑容完全僵硬，不再表現的游刃有餘，氣息倏地加劇，變得蠻橫無比。

連寒櫻也徹底感受劍氣的壓迫。一個當保鑣維生的劍客竟能發出如此強悍的力量。

公冶乘驀然身形如魅，快步躍至孤奴側身，一劍斬進厚實的泥黃皮膚。孤奴發出慘叫，另一手試圖撐開公冶乘。公冶乘立即抽劍，揮劍再斬，削下一大塊皮膚。

燜藏皮膚內的臭氣頓時爆發，逼得高佛戰士跟寒櫻後退。先前聞過的孤奴屍臭根本不能與此相提並論。公冶乘卻眉頭也不皺一下，繼續保持攻勢，瘋狂砍下鎧甲般的黃膚。

最後一劍刺進孤奴心臟，讓牠在漫長的哀號中倒地。公冶乘雙手握劍，費了很大的勁才把劍拔出來，可見傷得多深，足能保證孤奴一命嗚呼。

公冶乘滿身臭血，彷彿從血池回來，他怒氣未消，一雙眼流溢凶像，巴不得接續以劍血刃。他邊走邊滴血，血鋪成一條腥而詭譎的道路。那一刻寒櫻彷彿看見截然不同的公冶乘，不愛錢，不貪財，只為殺戮與服從。

那雙眼由血滋養，喚起高佛戰士看見某種慓悍生物的印象。

「主人，妳沒事吧？」一剎那方才所見忽成幻影，公治乘仍是那個小心謹慎、畢恭畢敬的公治乘。

寒櫻腳勾起一根木頭，絆倒公治乘，接著一腳踩著公治乘的頭，伸起另一隻纏滿木槲蘭花的手。她不理會公治乘呼叫，靜靜掌握大氣中的靈動。

「好燙啊！」

滾燙蒸氣從腳底竄起，自四面迅速往她聚攏。

將借火靈之力。再聚無數火靈。

公治乘明白接下來會發生什麼事，他急喊著：「主人，放過我吧，我不敢顯擺了！」

一道烈焰包覆寒櫻，把她形體化火，所有血液轉為熊熊炙火。

「吼——」那孤奴突然起身，雙手環向寒櫻。

寒櫻化作巨焰，百條火柱如蛇纏住孤奴，瞬間燒乾牠殘敗的軀體。俄而臭氣四溢，彷彿要貫穿鼻子，但彈指火勢猛然燒盡一切氣味。

孤奴變成一坨土灰零散落地，寒櫻這才鬆開腳，不屑地說：「下次等確定殺了牠再邀功吧。」

公治乘在地上滾了幾圈，撲掉焦灼熱氣，儼然沒了方才的殺氣。

「不愧是我們最厲害的女巫！」高佛戰士爆出熱烈讚聲。

寒櫻只是默默頷首，方才那一招已壓制住公治乘不詳的戾氣。只有寒櫻自己知道體力正在快速流失，短時間不能再如此使用，否則是拿命再換。

見過過泥黃皮膚的孤奴，寒櫻能確信伊拉露門的作法，用銀錢換公治乘的命是值得的。要是照以前的方法做，恐怕得犧牲不少族人，此刻又正值尼德蘭人與斯卡羅人商討結盟的敏感時節。

雖然斯卡羅那裡的情況也不會好過。

公治乘怯怯地說：「主人，這買賣太危險了，妳看見那怪物的難砍嗎？」

「銀貨兩訖，要退買賣太遲了。」寒櫻學著伊拉露門的口吻，只是更為冷淡些。

公治乘只好咬著牙認命。

幸好之後三頭孤奴都是小個頭，高佛戰士順利解決掉其中兩個，另一個則交給公治乘表現。他們仔細搜查高佛社周圍，確定所有孤奴都已成屍體。

事情有驚無險解決後，兩人被請到高佛社會晤頭目，本來寒櫻想早點回去覆命，但公治乘一副想賴著吃飯的模樣，加上寒櫻消耗過多體力，便接受了頭目的好意。

高佛社頭目身材壯碩，穿著華麗的服飾，說話時很用力，像是每說一句都要用盡丹田。

頭目聽說公治乘的事蹟，很驚奇的打量這個顧著吃的貪嘴龍國人。

「我尊敬的女巫，孤奴的變異是否乃上天告誡？」

「綠繡眼並未讓我看見異相。」寒櫻唱唸著祝福的咒語，請祖靈保護高佛社，並說：「我們要小心山的另一頭，海的另一邊，那些覬覦我們強大的仇敵，以及垂涎這片豐饒土地的貪婪之人。」

「尼德蘭商人一直想用可怕的武器打破山林平衡。」

「不用擔心，我們的智慧與勇氣族能抵禦這些人。」

「但願如此，我尊敬的女巫，請妳善用祖先的智慧帶我們脫離難關。」頭目向寒櫻恭敬地說。

營火照著寒櫻困惑的眼眸，可是她不能讓別人發現，女巫是信使，豈能有疑惑。但她卻實實在在感到不踏實，似乎即將山雨欲來，幾乎掀動她平靜已久的心。

孤奴的變異是種警訊，高深莫測的龍國人也是。

她亟欲從種種跡象判斷吉凶，可是只見到一片黑暗。

這時伊拉露門看見了什麼？寒櫻知道她的師父肯定感應更多。

「主人，累了一天多少吃點東西吧。」公治乘瞥見寒櫻的神情，連忙裝好一盤食物遞上來。

「滾遠點。」寒櫻彈響指頭，走近營火聽高佛社的老人說起遠古故事。

這個人太懂得觀察別人。

第三章　鹿神

已能看見迓仙崖鹿角般的崖頂。

一個包著頭巾的矮漢子匆匆經過他們，身上帶著一股濃濃魚腥，不過寒櫻被孤奴的臭味折騰夠多了，這點氣味反而不覺得有什麼。

漢子身上配戴大刀，見到寒櫻時停頓了一會，然後神色倉促離去。

「海盜。」公冶乘看著那人的背影說。

「這你也看出來了？」

「我常常在海上往返，不曉得被海盜找碴多少次，那些傢伙身上有血跟鹽混雜在一起的味道。」

「你若不幹保鑣，不做生意，還能當狗呢。」

瞧公冶乘把伊拉露門伺候的服服貼貼，簡直比狗還稱職。

寒櫻也知道剛才那人是海盜，附近海域有座海盜根據地，這些人平時不上門拜訪，一來準沒好事。本來那些海盜也會上岸幹些打家劫舍的勾當，自從伊拉露門燒了十艘船，一個個都俯首稱臣，對天對地發誓再也不敢打大龜文人的主意。

寒櫻不喜歡那些海上牆頭草，但不可否認他們對牽制尼德蘭人很有用，這兩方人馬間的利益衝突絕非三言兩語能說清。

從方才那個海盜的愁眉來看，肯定是託請失敗，這也難怪，畢竟伊拉露門早宣布不管事。回到迓仙崖時，昨日奄奄一息的斯卡羅小子活蹦亂跳的跟小乖玩耍，一點也不怕被那張大嘴吞下腹。伊拉露門坐在一張搖椅上，悠悠拿著菸桿，一副世間太平。

「大主人，我們順利解決掉襲擊高佛社的孤奴了，不曉得我何時能去村莊？」

「很好，看來要處理剩下的孤奴也不算難事。」

「剩下的？」公治乘的臉僵了一半，仍維持微笑道：「大主人，我們是說好解決高佛社的煩惱，您就把財物給我，讓我去龍國人的村子吧？」

「小子，你耳朵沒聽清楚，解決孤奴的意思是整個大龜文的孤奴。高佛社只是個開始。」伊拉露門仰望蒼穹，

都說龍國人跟尼德蘭人奸詐，卻沒想到伊拉露門也玩文字遊戲。但公治乘敢怒不敢言，只好討價還價道：「您不知道那些怪物多麼強，我差點沒把這條小命賠上去。」

「正因如此，我才會拿三箱財寶換你的命。年輕人，要有收穫便別怕苦。」伊拉露門咧嘴笑道。

「這…若我有個萬一，這錢哪花的到呢？」他蹲在搖椅旁，卑屈地說。

「你不會死的，」伊拉露門用菸桿指著他的鼻頭，「你的執念比孤奴的皮還硬，它能保護你躲開各種危機。」

這說對了，若不是這麼強大的意志，公治乘受襲時早該死去。

「不行，這買賣太過分了。」公治乘刷然起身，態度堅決道。

「好啊，我也不是不講道理，你隨時可以解除約定。但那些銀錢你一分都拿不到，別忘了我們說好解決『全部』孤奴，少一隻都不算數。」

寒櫻坐到小乖冰涼的背上，好整以暇看著他們倆。

「分明訛人！」

「你們龍國人做生意時怎麼說的，約定就是約定，必須照數走。」

「……我們也沒有立據啊！」

「哈哈哈，那好啊，沒有憑據，我又怎麼給你錢？」

公治乘臉上一陣愕然，極力壓制怒意，若換作是別人訛他，他老早拔劍問候。但對方是比寒櫻更難應付的伊拉露門，再怎麼委屈也只能往腹內吞。

而且伊拉露門說的都是龍國人用來矇騙的招數，栽在自己人擅用的詭計上也只能認賠。

寒櫻覺得他的表情太好笑了，殺孤奴時威風凜凜，現在卻像個無助的小孩子。儘管討厭，卻很有趣。寒櫻啞然失笑，笑靨如春風刮去她的冷漠，展現花季年華。本是美麗的少女，染上春花嫣笑更顯風華。

許久沒看見伊拉露門興致盎然的神情了，猶如伊拉露門也很久沒看到寒櫻燦爛的笑容。以往兩人會面都是冰涼涼的交談，隆冬般的氣氛彷彿要凝結整座山洞。

不行。寒櫻驚醒的收斂笑容，免得又被伊拉露門取笑。她明顯感到臉頰肌肉鬆緩不少，似乎隨時能為一樁趣事展開，但她刻意壓住那股不習慣的情緒。怎麼能為那個無廉恥的龍國人的舉動而笑，太破壞女巫的尊嚴了。

伊拉露門站起來伸展身子，談起海盜的事：「你們看見剛才走下去的人吧？」

「嗯。」

「大主人，先把我們的事談清楚吧，您好歹也給半箱銀子啊，我可是差點被怪物吞進肚子耶！」公治乘不死心的說。

伊拉露門不甩他，徐徐走了幾步，「島附近出現海蛇，那些海盜怕得不敢下海。」

「這還算海盜？」寒櫻嗤道。連海蛇也不敢對付，根本不必到海上混。

「習舍跟佩卓不在之後，島上的就像少了顆膽，整天怕東怕西，不成氣候。他們肯定沒辦法了，否則也不敢來找我幫忙。」

「那兩個大海賊也在那座島上？」公治乘詫異地問。

只要是靠海維生的人，不可能沒聽過叱吒黑水溝的兩大海盜王，習舍跟佩卓基本上是同一夥，他們的勢力大到龍國政府忌憚，連以擁有大炮船而跋扈的尼德蘭人也相當敬畏。

海域上幾十綹海賊全對兩人唯命是從，海上只要看見他們的旗號，只有乖乖繳過路費一途。

比起兇猛的海蛇跟險惡海象，航海人更不想被他們糾纏。

「現在不在了，否則一條海蛇怎麼能變成困擾。」伊拉露門很好奇公治乘的反應，「你也被他們勒索過？」

「算是吧……」

「總之我已經替你收下謝禮。準備一下，讓寒櫻帶你去島上。」

公治乘先是頷首，然後訝異地問：「我？您沒說錯吧，我去殺海蛇？」

「是啊，我雖然不想管事，只是習舍跟我有些交情，也算做個順水人情吧。」

「您的順水人情順到我頭上啦？」孤奴的事還沒算完，公治乘可不想再蹚渾水。

寒櫻這時才明白那海賊的表情為何半喜半愁。

「小乖，把東西拿來。」

小乖立刻銜著一口精緻的木箱到伊拉露門面前，打開裡面裝了三顆皎潔的夜明珠。那三顆大珠子讓公治乘眼睛都看直了。

「這東西的價值你比我懂，值不值得就看你囉。」

「等等，他去殺海蛇，孤奴怎麼辦呢？」寒櫻坐不住了，她擔心族人的安危。

「目前只有高佛社情況嚴重，其他各社正在嚴加戒備，孤奴暫時闖不進去。」伊拉露門瞇著眼笑道：「再說解決一條海蛇，對他不需要花太多功夫。」

大龜文眾社裡，高佛社戰士最少，所以殺孤奴也吃力的多。但見識過具有抗性的孤奴，寒櫻還是擔心會造成巨大危害，畢竟尚不清楚有多少孤奴變得如此難纏。

「大主人，我還沒答應呢！」

「也許你能去島上搭個順風船，就能順利回去你的故鄉。」伊拉露門說：「解決掉海蛇，這三顆珠子就是你的。」

「剩下的怪物怎麼辦？」

「等回來再說。」伊拉露門躺回搖椅上，掛著一抹難懂的微笑。

對公治乘來說這是不差的買賣，至少能拿到三顆夜明珠，當成做生意的資本也綽綽有餘。可是海蛇也不好應付，也不曉得有多大條，但肯定不會跟黑水溝中潛伏的大海蛇一樣巨大，那種海蛇只要一翻身就能瞬間拖沉一艘福船。

公治乘已被夜明珠的光澤迷炫了眼，嘀咕著該不該答應。然而伊拉露門知道他會答應的。

那座島被大龜文跟斯卡羅人稱為拉維卡瑪果（海賊聚集地），終年煙霧繚繞，海面下暗流洶湧。從外面看不出端倪，得通過漫漫霧氣才能看見島嶼的輪廓。

正因為有如此隱蔽性，才會被海賊當成停泊之處，只有負責送補給的人知道航路。必須仔細留意雜草叢生的岩壁，會發覺一連串用工具刻出來的記號，沿著湮沒草堆的路，走下看似危聳的高嶺，方能抵達乘船處。

來往拉維卡瑪果的船隻很小，最多不超過五個人乘坐。寒櫻是少數去過那座島的外人，那次正逢伊拉露門勃然大怒，氣得燒光錨在港口的十艘大船。當時令人聞風喪膽的習舍也在，他沉穩地盯著火海，然後向伊拉露門約定不再讓手下劫掠村落。

矮漢子已經在駁船上等候，他看見寒櫻跟公冶乘走來時，警戒地拔出刀來。

很明顯他對公冶乘充滿敵意。

「你們的三顆夜明珠已經買下他，不讓他上船我是無所謂。」寒櫻說。

「他不像普通人。」

「廢話，普通人怎麼殺海蛇？」

矮漢子並非字面的意思，但他無法精準表達，他嚴厲掃視公冶乘，才勉強讓他上船。

「他們很討厭我。」

「有誰不討厭你呢？」寒櫻反問。

「說的也對，這個地方的人都不喜歡我。」公冶乘自己笑了起來。

海風雖吹散燠熱，卻也捲起一身黏，公冶乘習於海上生活，並不以為忤，但寒櫻不喜歡黏答答的感覺。到島上至少得航行半個時辰，寒櫻刻意坐在船尾，讓公冶乘待在前面，免得他那雙擅長洞悉心思的眼睛亂飄。

矮漢子對公冶乘的態度很不和善，並碎念伊拉露門竟然找了外人幫忙。海盜的警覺性很高，他也看得出公治乘不似外表那樣流裡流氣。大家都知道要防範這種人，可是這類人又極容易混跡到身旁。

一行海鳥振翅飛過，聒噪地打破岑寂，公治乘無聊的望著大海，除了一片煙濛便只有無止盡的海平面。

再繼續航行下去便是黑水溝，這種小平底船幾乎不可能渡過那片洶湧海域。

「主人。」公治乘跑到後頭向寒櫻搭話。

寒櫻別過頭，望著朦朧的迓仙崖。

「主人。」

「你最好有事要說，否則你會痛到拉維卡瑪果為止。」寒櫻不耐煩地說。

「我怎敢沒事打擾主人，我只是想問大主人應該沒有騙我吧，她真的履行承諾嗎？」

「我們跟你們這些乘大船來的人不一樣，只要你能完成約定，並活著回來，你就能帶著財寶滾回龍國。」

「是，有主人這句話我就安心了。」

他摸著放在內袋的夜明珠，這次伊拉露門先給一顆當訂金，他才肯接下這活。

寒櫻覺得他的嘴臉實在討厭，便要他沒事就滾離視線。前頭掌舵的矮漢子一直注視他們倆，明顯對他們不放心。

這時已穿過煙霧，一道天然石拱門驀然矗立眼前，公治乘驚呼不可思議。輕霧內出現大量扼住水道的巨石，使周圍湧現諸多暗流，因此縱然進入這裡，也得悉知航路才能順利到達島上。

「這地方真是不簡單，難怪能躲官軍這麼久。」

「如果不想死，就別提到官府。」矮漢子警告道。

「對不起，下次不敢了。」公治乘立刻哈腰道。

前方有幾艘由龍國人操駕的小船準備回航，他們見到矮漢子便舉起旗幟打聲招呼。寒櫻掩著嘴打哈欠，要不是伊拉露門讓她跟著，她才懶得管海賊死活。伊拉露門另一方面也是要她監視公治乘，別讓這個牆頭草勾搭海賊，現在能鎮住島嶼的習舍跟佩卓都到扶桑避禍去了，懷恨伊拉露門燒船的海賊可是虎視眈眈。

他們對海蛇束手無策，騷擾陸地的辦法卻多如牛毛。就算是小毛賊，成天搞東搞西也足使人受不了。

已經能看見打造良好的礁石海港，偌大口岸停滿大船，彷如龍國某個繁盛港口。公治乘熟悉的服飾和語言布滿港口，那些配著大刀的海盜白晝飲酒，相互嘻笑，整個岸邊人聲鼎沸。

港口後有整齊規劃的屋舍，與青花石板鋪成的大道，後面則有鐵匠鋪、酒館、妓院等等，島上生活機能應有盡有，可見是為長久駐紮規劃建設。不過船離的越近，便能清楚看見衰敗的跡象。

矮漢子熟練的把船舶在港邊，公治乘踏上斑駁木道，轉過身伸出手接住寒櫻。但寒櫻不甩他，逕自走上了去。木道發出吱吱嘎嘎的聲響，顯示許久沒有重修，青花石道也多處龜裂，那些醉醺醺的海賊一不注意就被裂縫絆倒腳。

一年前龍國政府調集龐大艦隊，並攜帶新式火炮，在黑水溝北邊重挫海賊聯盟，習舍跟佩卓潰敗後逃至更北方的扶桑。由於拉維卡瑪果相當隱密，才得以躲過追剿。以南海為根據地的海盜則趁勢興起，步步逼近黑水溝，但大家都傳說佩卓已經在扶桑組織了更強大的船隊，隨時會回來。

這些逸事跟隨流動商人往返各地，寒櫻就是想不知道也難。

「看看沿著丘陵架設的佛郎機炮，雖然大半老舊，但防禦能力不容小覷啊。」公冶乘仔細的看著島上防禦工事。

矮漢子粗聲粗氣地說：「不該看的就別看，我去知會首領，你們待著別亂跑。」

在這風頭上，也難怪海賊要嚴加防範，畢竟誰知道這陌生人會幹出什麼事。更何況官軍一直在尋找海賊的藏身處，即使來者是伊拉露門，他們也會嚴密監視。

「真無聊，快把事情辦一辦走了。」

「當然，我也想快回去。」

寒櫻找了個乾淨的地方坐著等，她厭惡這些吵鬧的海賊，更不喜歡笑裡藏刀的公冶乘，她只想趕緊清除滋擾大龜文的孤奴，然後安安靜靜眺山或眺海休息。她不想多說話，一個人享受靜謐，聽祖靈傳授智慧，跟精靈學習自然奧妙。

族人都說她太沉靜了，不若伊拉露門聒噪又有活力，樂的每天到處串門子。當然性格不影響守護家園，但寒櫻就是喜歡風打雨縣，蟲鳴鳥叫。當女巫最煩躁的地方莫過於兼顧接待外人，但她向來對那些航海而來的人嗤之以鼻。

公冶乘以為寒櫻覺得熱，連忙在一旁幫忙搧風，寒櫻也懶得驅走他，便讓他繼續獻殷勤。

「喂，誰準妳坐在那兒！」

幾個醉醺醺，衣衫不整的海賊晃了過來。

寒櫻當是惹事醉漢，不理他們。

但海賊們卻是認真要找碴，其中一個指著寒櫻說：「他娘的，哪來的女人，竟敢坐在我們的旗幟上？不要命了！」

公冶乘往她坐的地方一瞄，還真的坐在旗子上了。寒櫻起身，悶吞了口氣，致歉道：「是我疏忽了。」

這已是寒櫻最大的禮貌，不過海賊們顯然不滿意，他們叫囂道：「妳個蕃女未免太囂張了，有人這麼道歉的嘛，難怪說你們蕃人不懂禮貌——」

「注意你說話的用詞。」

「嚇唬我啊？瞧你這小蕃女挺標緻的，來陪陪我們，剛才的事就當算了。」

寒櫻忍不住嗤笑，她剛從伊拉露門身邊出來時，也有不長眼的龍國商人如此調戲，但經歷斷手斷腳後他們就明白什麼該說什麼不該講。

「幾位兄台，我們是被請做事的，有話好說，千萬別傷了和氣。」公冶乘打圓場道。

但他們不理會公冶乘，甚至想對寒櫻毛手毛腳。接著他們發覺被一道無形力量箝住手腳，寒櫻大眼一瞪，他們變成弧形軌跡摔到海中。

「不愧是主人。」公冶乘不忘吹捧。

那些海賊爬上岸來，惱怒地大吼大叫，更喚來許多弟兄。

「主人，我們還是解釋一下吧，在這裡別惹麻煩比較好。」公冶乘看著四、五十個兇惡的海賊聚攏過來，畏縮地說。

「孤奴你都不怕，這些不成氣候的海賊又算什麼？」寒櫻倒是欣然接受這個發展，她內心一直憋著一股氣，早想找地方發洩了。

「臭蕃女，說誰不成器呢？大伙把她捉起來賣了，讓她知道咱們的厲害！」

這些醉漢早意識不清，受人鼓動後變得更加激昂，反正有人吆喝，就跟著衝上去助陣。

「主人，先退後，讓我來——」

「滾去旁邊躲起來。」寒櫻推開公冶乘，徐徐走到那些人面前。

一股不祥之氣瀰漫周圍，暑熱倏地如冰，海賊們寒毛豎起，心頭一涼。無形之力掐住咽喉，凍住手腳，港邊頓時靜若無人。風聲蕭蕭，時間彷彿停滯千百年光陰，但只是剎那之間，數十人被狂力帶起，往四面八方拋出去，跌落海中，摔在一塊塊木板上。

哀嚎聲此起彼落，路上的海賊全停下來，看見自己人被打得狼狽，一窩蜂趕來助陣。這次換公冶乘出場，他拔出劍，運氣上身，殺孤奴時的血氣猛然沸騰。

「全都停手，他們可是我請來的客人。」

說話的是一個臉帶刀疤的美婦人，穿著淡白色的對襟比甲，踏高木屐，裸露在外的手臂纏著繃帶，一副蛾眉軒昂。一個八尺壯漢替她打傘，身後還有十來個精壯的隨扈，矮漢子也在其中。

「鐵娘子。」公治乘一眼便認出來者。

習舍跟佩卓離開後，這裡勢力最大的領頭便是鐵娘子，她的丈夫曾稱霸海上，丈夫戰死後鐵娘子收攏舊部，成為一股制衡的龐大勢力。

莫看鐵娘子艷麗，動起手來比男人還狠。在弱肉強食的海洋，不狠，難以馴服驕縱的部下。

「寒櫻姑娘，我這些小夥子沒眼力，還請妳高抬貴手。」鐵娘子喝道：「還不滾，留在這裡丟我面子。」

那些醉漢撐起身子，連忙四散。

「這裡沒個男人當家，我一個女人撐著也很辛苦。」鐵娘子向寒櫻行禮，「請到寒舍詳談。」

公治乘這才收劍。

「大家都很心煩氣躁，若非必要，請別輕易拔劍。」

「最好如此。」寒櫻說。

鐵娘子的高木屐踏得青石板嗑嗑響，像是官府開路的鑼鼓，聽到的知道鐵娘子來了，立刻鴉雀無聲，低著頭等她的隊伍經過。

如此威儀讓寒櫻不禁佩服，要降伏這些男人可不是容易的事。

鐵娘子住在島嶼中央，所有大首領的宅邸都位於此處，雖不能比擬豪門大宅，但以拉維卡瑪果而言已相當氣派。

「屋小，還妄寒櫻姑娘別嫌棄。」

前面兩個壯漢推開鑄鐵造的朱門，內院兩旁擺滿各式兵器，亦有火炮跟火槍。又經過一處別緻的小花園，才走到廳堂。

鐵娘子請寒櫻坐上席，公冶乘則隨伺在旁。

「想必妳也知道我們的困擾了，海蛇每天夜裡便侵襲港灣，破壞船隻，所以希冀借妳的力量解決那個麻煩。」

「你們有槍有炮，難道沒有作用？」

「那條海蛇聰明的很，見到槍炮就躲到海裡，我也曾派人潛到水中追殺，但全做了波臣。」

「波臣？」寒櫻蹙眉道。

「這是龍國話，指那些淹死在水裡的人。」公冶乘解釋道。

「海蛇不除，無法出海，再不出去，我底下的小夥子可就按捺不住了。」鐵娘子說。

寒櫻覺得太可笑了，一幫自詡剽悍的海賊竟然拿一條小海蛇沒辦法。

「我無所謂，要替妳辦事的人是他。」寒櫻看向公冶乘。

「哦？這位壯士哪路人，竟能得伊拉露門跟寒櫻姑娘青睞？」

「不敢當，我只是個拿錢辦事的保鑣。」公冶乘躬手道。

「好，事成之後，另贈三顆夜明珠。」鐵娘子喚道：「銅旺，帶兩位賓客到房裡休息。」

應聲的正是那位矮漢子，他領兩人到後院收拾乾淨的房間，接著一語不發離去。

公治乘斟了茶水給寒櫻，並說：「這些人並非沒能力殺海蛇，只是不願意這麼做。」

寒櫻沒回話，於是他繼續說出觀察：「那些雖然怕鐵娘子，但並非出於真心，可見習舍跟佩卓不在後，這座島正面臨分裂。」

寒櫻漫不經心頷首，她壓根不在意這些事。

「因為官軍封鎖海域，他們不能隨意出海，可能有人就想乾脆往鹿洲劫掠。」

「這跟海蛇有什麼關係？」寒櫻聽見劫掠自己家鄉，終於有了回應。

「當年習舍跟大主人約定好不犯大龜文，但如今他跟佩卓不在，底下人早想蠢蠢欲動。畢竟鹿皮跟鹿茸的價格好的讓人垂涎啊。再說，鐵娘子不願花力氣殺海蛇，而找大主人效勞，當是為了讓其他有異心的海賊知道女巫不好惹，別自找苦吃。」

「還有呢？」

「順便讓不服她的勢力知道，她還有大龜文這個強力的靠山。」

如此說來，寒櫻才懂為何拉維卡瑪果的氣氛這麼詭異。不過話說回來，才短短時間，公治乘已將島上摸清七八分，那雙眼簡直如蒼鷹般銳利。一個普通保鏢怎會有這般眼力？

「你真的是個只是保鑣？」寒櫻不經意問。

「主人，貨真價實啊，我這生只幹這行，沒做過別的了。」

寒櫻揮揮手，要他別靠這麼近。他一臉認真的解釋反而讓寒櫻想笑。

照公冶乘的推斷，也難怪伊拉露門要接下這差活，說到底還是要守護族人。退不退休只是一句話。

入夜後兩人被邀到大廳吃著精美晚膳，滿滿鮮魚佔據大紅桌面，公冶乘食指大動，拿起筷子四處劫掠。至亥時，鐵娘子宅邸前點起燈籠，一行人啟程港口，其他小勢力的頭領也跟來，準備看花六顆夜明珠請來的龍國人有何本事。

眾人站在港邊的石堆階梯上，鐵娘子跟護衛立在制高處，寒櫻和公冶乘站在附近，其他人則各依勢力零散站著。

今夜夏風格外沁涼，海浪也不平靜，水底下似有東西正準備興風作浪。不多時，一艘小艇劇烈晃動，眾海賊持刀警備，緊張地盯著海面。

鐵娘子仰頭望濛濛銀月，嘀咕道：「要下雨了。」

嘩啦——一道水花猛然噴起，持傘壯漢用傘擋住鐵娘子，公冶乘也跑到寒櫻面前，其他人就來不及躲，全身濕淋淋。

黝黑的海蛇探出頭來，昏濛月光下身體變得更漆黑，波濤傳來陰寒低鳴。牠用觸角纏住小艇，一會功夫小艇被拖到海裡，只聽見一陣迸裂聲，接著細散木板浮出水面，彷彿浮屍。

「去吧。」寒櫻說。這點程度的海蛇難不倒公冶乘。

只是夜色很暗，海中無光。而且如鐵娘子所言，一層陰雲遮翳月色，空氣漫著黏答答的溼氣。很快就會下雨了。

公冶乘深吸了口氣，抽劍出鞘，劍光斬斷黑暗，露出不可思議的刃芒。得多鋒利的劍，才能發出這等寒光。

鐵娘子命人拿燈籠照亮公冶乘，她想看得清楚點，那把劍究竟什麼來頭。

氣息漸漸盈滿公冶乘的身體，此刻他再次脫離唯唯諾諾的模樣，換上冷硬的皮囊。孤奴的血似縈繞劍身作祟，使之發出駭人殺氣，鐵娘子的護衛各個不敢置信，公冶乘竟能發出這麼可怕的殺意。

公冶乘走到岸邊，持劍跳進水中。

撲通。

海蛇聽見水中波動，也迅速潛到海裡，霎時海面掀起大浪，拍得船隻搖晃。

看著海面動盪，不知裡面正經歷多激烈的戰鬥。

答答答，答答答。薰風輕拂，撳下盤據天上的雲，指甲大的雨珠紛沓而落，但大伙在意的是海蛇的動向。雨滴彈起浪花，如為這場交戰擂鼓。

遽然海上忽平，詭異的闃靜讓人不禁伸長脖子探看。雨穿透空中，在海水、船桅、石階上發出不同聲響，無人言語使得場面如繃緊弓弦。

初始寒櫻認為公治乘不會有問題，連強化後的孤奴也殺不誤，一條普通海蛇又能如何？可是夜漆海深，本身就對海蛇佔據地利，若有萬一，公治乘說不定也——

想到這一層，寒櫻竟擔憂起來。

「是血。」鐵娘子輕呼道。

寒櫻也看見了，海上染了一片赭黑，但天色實在太暗，加上雨阻擋視線，難以看清誰敗誰勝。時間過去一刻鐘，正常人無法在水中憋氣這麼久，海賊們討論公治乘極可能死了。

「主公，這該怎麼辦？若他死了，如何對女巫交代？」撐傘的壯漢細聲問。

「伊拉露門不會為一個龍國人找上門來。」

鐵娘子說的沒錯，縱然公治乘死了，也是一筆心甘情願的交易。只是寒櫻可不甘願，憑什麼沒被孤奴殺死，反倒替海賊送命去。

寒櫻不自覺走到岸邊，仔細望著海面。

「呿，還以為殺氣騰騰的真有點本事，也不過如此啊。白費三顆夜明珠了。」一個小首領抱怨道。

寒櫻眼角微惱，她雖討厭公治乘，但好歹也被尊為「主人」，自己的僕從被說得這麼難聽，她哪吞得下這口氣。

突然一隻血手握住她的腳，她嚇得往那手重踩，隨即便會意那隻手是誰。

「把人拉上來。」鐵娘子見狀喊道。

不等人上前，公治乘再次爬上來，一身狼狽，頭髮因污血而黏膩。海賊們聚來瞧著公治乘，就是他們之中憋氣最強的也沒這本事在海裡跟海蛇纏鬥這麼久。方才數落公冶乘的小首領反倒害臊地遮起臉。

「唉，差點沒被水嗆死，我這珠子被勾掉了，又回頭去找，好不容易才撈到。」公冶乘收起劍，將臉抹乾淨。

這話雖然可笑，但十足展現公冶乘的能耐。鐵娘子拍手道：「好傢伙，來人，把另外三顆珠子送上來。」

「不枉費我這麼辛苦了。」公冶乘眉開眼笑地說。

寒櫻沒想到這人竟為了財物執著到這種地步，也算是大開眼界了。不過看著公冶乘仍然活蹦亂跳，她也放下一個疙瘩。

雨勢漸大，大家準備回去避雨，突然一道亮光照亮夜空。

砰——砰——兩聲巨響掀起一陣煙霧，停在外頭的福船正好被轟中，殘片如箭射下。公冶乘丟下裝著夜明珠的盒子，伸出手蓋住寒櫻。

事情還未結束，兩聲炮響後又飛來十數顆炮彈。當即有人被飛來的碎片砸死，海賊們鬧哄哄四處逃竄，房屋裡也點起燈，大家被震醒，全跑出來查看情況。這些燈火正好給炮擊標的，但事發突然，鐵娘子也無法控制局面。

從海賊佔據拉維多瑪果，還是第一次遭遇襲擊。

此時海上能見度非常低，看不清三里外的事物。

「這至少從十五里外開炮。」鐵娘子估算道。

能從這麼遠的地方射擊的只有紅夷大炮。這厲害的東西除了尼德蘭人有，再來就是去年大破海賊聯盟的龍國八閩水師。在佩卓的斡旋下，尼德蘭人沒理由對他們動手，因此是誰奇襲已不言而喻。

「八閩水師啊！」

「官軍怎麼找的到這裡？」

「放響箭，叫醒射手。」鐵娘子鎮定指揮，但除護衛外其他人皆慌忙失措。

但佛郎機炮射程不如紅夷大炮，況且此刻視線氤氳，胡亂漫射也只是餵炮彈到海裡。拉維多瑪果水下設有鐵鍊跟障礙物，官軍短時間內無法闖進，因此目前最好的方法就是躲起來。

港口棧道被炸飛起來，地上血肉橫飛，公冶乘護著寒櫻往內逃竄，躲到射程外。寒櫻沒有反抗，順從的跟著公冶乘跑，她也被突來的炮彈弄得毫無頭緒。當反應過來，她忖度公冶乘竟拋下視如性命的財寶，而是攙著她逃。

兩人來到一處宅子後，宅裡燈火通明，但不見人影。海賊們看到響箭飛鳴，各自進入備戰位置，等官軍上岸進行白刃戰。

炮擊尚未結束，巨大轟響帶起震動。寒櫻只聽過尼德人商人吹噓紅夷大炮爆炸時如雷轟鳴，可以炸毀一切所見之物。如今親眼所見，確實不同凡響，這些炮彈要是打在部落的石板屋上，後果不堪設想。

幸好炮船射擊距離沒這麼遠，寒櫻才安下心。

「主人，還好嗎？」

「你才不好，珠子都掉了，豈不是掉命。」

「不，主人安危更重於財寶。」

這時候還要拍馬屁？但公冶乘的確是用身體護著她，這點無可否認。

「啊——」公冶乘突然大叫。

寒櫻仔細一瞧，才發現他的背滲了一大片血，應是被碎片割傷。

寒櫻從袋子裡拿出藥草，抹在患處。公冶乘連連喊疼。

「別動。」

接著寒櫻從頭髮裡拿出石刀，在他背上戳了一下，用刀上的毒暫時麻痺他的痛覺。

「主人，這裡還是有點危險，不如再走進去些？」公冶乘擔憂地說。

於是他們開始移動。走了一刻鐘，炮聲漸小，已是安全範圍。眼前是一處廢棄坑道，外頭放置了二十多輛毀損的台車，公冶乘好奇的上前查看，朝石壁一摸，整個指頭瞬間染黑。

「煤……這座島居然有煤礦。」公冶乘詫異的將手靠近鼻子聞。

他探頭進去看，結果身子一傾，摔了下去，才發現洞內是下斜的，難怪海賊會放著煤礦不挖。

寒櫻見公治乘又犯傻，連忙伸出手，不忘唸道：「你這蠢蛋。」手伸出去，結果公治乘也將寒櫻一起拉了進來，兩人往下掉落。洞比公治乘想的還深，公治乘從後面抱住寒櫻，避免她到地時撞傷。寒櫻心頭一震，想掙開他，但這可是墜落中。

頃刻兩人撞上地面，掀起一陣沙土，他們倆慶幸這地不是硬石，否則從這麼高的地方摔下來，最少也要斷手斷腿的。

但公治乘第一個受力，加上寒櫻的重量，雖有沙土緩衝，還是得斷個幾根肋骨。

寒櫻扶起公治乘，默默替他檢查傷勢。

「主人，妳別生氣，我是怕妳受傷——」

「別動。」

肋骨確實斷了兩根，其他地方則無大礙，也虧公治乘身體夠強壯。

他們赫然發現地底不暗，反而泛著幽幽紫光，於是公治乘又去尋找光芒的來源。

「老是學不會教訓。」寒櫻嘆了口氣。

兩人循紫光走去，光越來越亮，來到一處寬敞的洞穴。公治乘眼神炯炯，驚嘆地望著四周，紫光的來源正是布滿洞穴的紫水晶。但讓他更驚訝的是三副龐大的鹿骨，光是鹿角就有一頭梅花鹿大。

「這東西真的存在……」公治乘不禁顫抖，輕輕撫摸鹿角。

寒櫻當然知道那是什麼，他們稱之為「山神」，長壽且富有智慧。

「主人，原來鹿神真的存在，太棒了，這東西一萬顆夜明珠也換不到。」

「如果你是想說長生不老的蠢話，還是放棄吧。」

「書上說活的鹿神才能長生不老……鹿洲肯定還有活的。」

寒櫻從公治乘眼裡看見無盡的貪婪，對渴望長生的龍國人來說，鹿神的血肉是無價之寶，擲千金萬金也不足惜。

「謠言只是謠言，況且牠現在只存在我們的傳說裡。」

第四章　不可違逆的咒誓

鹿神肉用價值連城已不足以形容，即便百箱夜明珠也比不上一塊鮮肉，那可是古書裡記載的神物，龍國貴冑無不垂涎這傳說可長生不老之物。尼德蘭人也多方打探鹿神下落，為了賣出那無法想像的高價。

公治乘伏在地上認真研究鹿神骨頭，不停發出嘖嘖聲，那聲音彷彿銀錢相敲震盪的回聲。不管是公治乘的背影，還是時有時無的竊笑，這一切都讓寒櫻感到厭怒，一股怒氣油然而生。她美麗的眼眸猶如明火，照映公治乘無盡的貪念。她知道這個人貪財，但覬覦那些財寶尚無所謂，跟她一點關係也沒有，可是鹿神不同，那是山林的精神，更象徵他們族人的精神。

寒櫻明炬般照著可怕的未來，恍然她看見公治乘攜著鹿神骨的消息大賺其財，然後整個龍國沿海都震動了，亦驚起北邊海域的扶桑、甚至更杳遠的海濱也隨之躍起，接著各式各色的船隻湧入她喜愛的山林，用柔勸或強硬的方法大力開掘所望之處。

幾乎不需要綠繡眼預言，寒櫻便能看見苦難的未來。沒錯，發現鹿神肉的傳聞將會引來數不盡的蝗蟲，頃刻鹿洲再無安寧。

寒櫻果決的捏緊拳頭，讓公治乘捧腹喊痛。

「別想著你不該染指的東西，即使只是傳說，也不容你玷汙。」

「是，主人，放過我吧，我看紫晶就是了……」公治乘放下骨頭，猙獰地爬向滿坑洞的紫水晶。

寒櫻卻沒停手，她冷問：「你的目標也是山神肉嗎？」

「主、主人，我只是被僱來當保鑣的，哪知道雇主想做啥？」

「龍國人都想當神仙。雖然找不到山神，但山神骨頭的情報也值一大筆錢吧。」

「我發誓我絕不會說出這裡的事情……」公治乘緊咬嘴唇，幾乎要快咬下一塊唇肉。

「你的誓言不值得相信。」寒櫻像是鐵了心要讓公治乘肝腸寸斷，「你們跟尼德蘭人為了鹿皮已經殺害太多鹿，若又傳出山神存在，我們的山林與獵場將面臨浩劫。最好的方法便是讓你永遠閉嘴。」

換作伊拉露門或其他族人，定也選擇這麼做，鹿皮的高昂利潤已經吸引太多人渡海來求，要是公治乘說鹿神可能存在這裡某地，這些人還不掘地三尺？貪婪比孤奴還惡臭，並且揮之不去。

寒櫻相信尼德蘭人會為了鹿神的情報，情願拿出引以為傲的炮船給斯卡羅人，不過斯卡羅人仍有分寸，知道這麼做的惡果多麼嚴重。

儘管鹿神從很久前開始就只存在耆老傳唱的歌謠，但慾望能激發一切想像，直到山林盡毀，成為一片荒蕪。慾望的詛咒比寒櫻知曉的任何古老咒術都可懼。

對於公治乘的痛苦和哀號，寒櫻無所憐憫，她只在意族人。

「主人……」公治乘把指頭含到嘴裡，想藉此減緩疼痛，他另一手緊壓著肚子，卻驅不走鑽咬的痛苦。

只要寒櫻不鬆手，公治乘將會肚破腸流而死。他的眼眶止不住淚水，像個嬰孩嚎啕泫泣，發出使人憐憫的喑嗚。無論公治乘表現的多麼可憐，這些都不足以改變寒櫻的意思，在族人與相識甚淺的龍國人之間，天平如何傾斜不言而喻。

寒櫻種下的蠱不只能使他斷腸，同樣能碎盡五臟六腑，她可以感覺公治乘的心臟撲通撲通、急速地跳動，以及恐懼、憤怒、無助等等情緒。

「你不該找到這個地方。」

「我不會說的……我用命保證……」

「你的命本來就是我救回來的。」所以，現在該還給我了。寒櫻如此想，卻忽然猶豫了，在公治乘湧流的血液裡想起他挺身而出，拚命護著她的情景。

身為天神眷顧的女巫，曾幾何時被救過？那種被照顧的感覺未曾有過，卻是這個她想殺死的人給的。

只消動一個指頭的時間，公治乘便不必再浪費力氣哀號。他翻轉身，露出傷痕累累的背部，炮彈碎片的割痕依然歷歷在目，若不是他用身體擋住，恐怕早劃傷寒櫻無暇的臉龐。

寒櫻的意識想結果公治乘，但一道莫名的力量阻攔了她，變成難解的懸念。

「錢我都不要了、我什麼都不說，留我一條命吧……」公治乘噴出一口血，身體宛如被五馬分屍，他撐起最後的力氣跪伏在地。

那樣子很滑稽，可是寒櫻笑不出來。

「你真的一個字也不說？」寒櫻還是鬆手了。

公治乘弛疲的倒在地上，不斷頷首。

寒櫻覺得自己做錯決定，這是第一次理性被某種怪異的情感擊敗。她徐徐走到公治乘身邊，聽著微弱的呼吸，命懸一線的孱弱，換作一般人早就承受不住。

腳步聲迴響坑洞，彷如寒櫻熟悉的安魂曲。只是她安撫的不是英勇戰死的勇士。

「是，我不說。」

公治乘撐開手掌，寒櫻以為他要拿劍反擊，但隨即揮散這個想法。公治乘以掌空擊，當作立誓。

「我們不用龍國規矩起誓。」寒櫻牽起他的手，兩手交扣，喃喃說道：「天地精靈見證，不可說出今日所見，否則萬死不饒。」

一束黑光纏住兩人的手，約定成最嚴厲最狠毒的誓言。

公治乘進入昏迷，仍不忘說著：「是，我不說……」

地下洞穴裡無法感應時間，但從公治乘身體恢復的狀態來看，至少已過了四個時辰。瞬間恢復體力是不可能的，但已經能行走，於是他們從紫晶洞後方的通道走到一處暗流，順利游到拉維多瑪果附近。

游出海面時已近黃昏，煙濛的海平線上隱約浮現七、八艘大小不一的福船。八閩水師的炮擊結束了，但盤據不走，海盜則用射程較差的佛郎機炮吆喝。

兩人游上岸，看見被轟得破破爛爛的港口，各方人馬正在收拾自家屍體。公治乘隨意找個地方癱下來，游了一趟，他的體力全然耗盡。

一群海盜沿著爛木堆走過來，瞥見兩人，詫異地說：「我們以為你們倆被炮打死了呢。」原來兩人不慎跌入紫晶洞後，鐵娘子一直在找尋他們下落。這群海盜並非鐵娘子直屬，但昨日見識過寒櫻的能耐，和公治乘的身手，說話也變得畢恭畢敬，也不敢開口說稱寒櫻「蕃女」。

「人家仙姑呼風喚雨的，一兩顆紅夷炮算的了什麼？」

「鐵夫人呢？她在哪？」寒櫻不想聽海賊恭維。

「她指揮炮手去了，我們立刻帶仙姑過去。」

「攙著他。」寒櫻用下顎點了點公治乘。

兩名海賊立刻扶著他走。他們來到架設一排佛郎機炮的小丘陵，鐵娘子正用望遠鏡觀察八閩水師的動向，銅旺到她耳邊悄聲說了幾句話。

鐵娘子把望遠鏡交給一個小頭目，向寒櫻笑道：「妳沒事就好。我可是把島上翻遍了，就尋不到你們倆，要是妳在我這不見了，伊拉露門不曉得要如何向我問罪。」

「現在情勢如何？」

「不大妙。我猜官軍彈藥用完了，所以才在觀望，但他們援軍一到，又要變回昨晚的情勢。」

寒櫻蹙眉，她可不能在這裡待太久，還得回去處理孤奴。

「別擔心，他們已經一個下午沒有動靜，多半只是在試探。」鐵娘子知道寒櫻的意思，她說：「我會叫銅旺送你們回去，不過妳的小兄弟似乎傷得很重，確定不留著休養？」

寒櫻搖搖頭。她發現底下有兩夥人吵得很大聲，像是要起內鬨。

鐵娘子笑中帶著殺意，道：「八閩水師的手段很厲害，炮轟一陣，讓那些蠢蛋互相猜疑。」拉維多瑪果地勢隱蔽，若無知情人指路根本難以發現，也難怪那些本就憋著一肚子火的海賊趁勢叫囂。鐵娘子不害怕紅夷大炮，只憂慮自己人先殺個腥風血雨。

「我已經派人四處安撫，不過取幾顆人頭是最快的方法。」鐵娘子的語氣變得格外溫柔。

寒櫻卻擔憂另一件事，既然拉維多瑪果已被官軍識破，這些海賊勢必要遷移，一旦他們登陸，很可能會對大龜文造成困擾。

但有鐵娘子鎮壓，應不至於出太大亂子，只是這座島也不能繼續駐紮了。

過了半個時辰，鐵娘子下令停火，要銅旺送寒櫻他們去搭船。一陣細雨紛紛，反使空氣變得鬱悶，寒櫻杵著下巴，對著灰濛濛的天色發愣。

公治乘兩眼無神倒在船中央，他不說話，顯得更加清靜了。下船時他差點摔到水裡。好不容易捱到迓仙崖，公冶乘倒在草蓆上一下子便呼呼大睡。

伊拉露門笑道：「我以為他會先來問寶箱的事情。」

「等他醒來會問的。」寒櫻示意伊拉露門到一旁，說起紫晶洞的遭遇。

伊拉露門也沉穩不住，沉著臉說：「很久以前拉維多瑪果跟陸地相連，我們的祖先曾在那座島上繁衍生息，但有一天通道被海淹沒，祖先紛紛撤出，直到海賊再次登上島嶼為止。」

這些故事在族人圍著營火時，伊拉露門跟長老們已說過多次。

「山神也是從那條通道過去拉維多瑪果的吧。」

「妳沒殺了公冶乘？」伊拉露門這時才驚訝道。

「妳認為我該殺掉他嗎？」

「這不像妳，妳應當連這個問題都不會問。」伊拉露門瞥向睡死的公冶乘，莞爾道：「他被妳折磨的又死了一次，有幾個人能承受妳的折磨，他也算個好漢了。」

「要真是好漢，早該拿著那把劍抹脖子。」

「人活著才能繼續幹事，他還堅持著什麼事吧。」

「不過是為了錢。」

「為錢到這份上，也不容易了。明天妳就帶他回去，清除剩餘的孤奴。」

寒櫻遲鈍一會，欲言又止，眼睛轉了轉，懸著說不出口的心事。

「原本想等妳真正能接任大巫時，才把事情告訴妳，或許是上天的安排。」伊拉露門洞悉寒櫻的疑慮，「關於山神，關於山林的一切，這是妳必須知道的最後一件事。」

「我若知道了，是不是該徹底解決可能造成的禍害？」寒櫻問。公冶乘活著，彷彿是對族人的背叛。

「好好沉澱下來，心自有答案。」

寒櫻確實心亂了，從一波不起眼的漣漪到翻起雲湧，幸好她尚能穩定那泓水澤。她為未見過如公冶乘這般的堅持與韌性，情願承受比死還難受的痛苦，也要咬牙苦撐。

這已不是為了錢吧。他定有需要活著的理性，甚至超越他自己的想像。

不過寒櫻不去探究，龍國人畢竟是龍國人，只要不犯她心愛的山林，要生要死又何干？

被公冶乘救回來的烏塔克和小乖混得挺熟，伊拉露門說他們昨天還結伴去樹林狩獵。看著烏塔克，寒櫻忖著詛咒此時也該發作，斯卡羅人將發覺農地開始荒蕪，林子獵物驟減。然後斯卡羅人便沒空理會尼德蘭人的交易。

之後免不了一場戰爭，但大龜文早就做好準備。幾百年來一直如此。

少了公冶乘的聲音，迓仙崖如往常寧靜，吃完飯後大家各到自己的位置睡下。寒櫻一直盯著不遠處的火光，明明覺得疲倦，卻不想睡，有種事情未做完的焦慮感。她的腦子不停重複紫晶洞的畫面以及伊拉露門的話，這是第一次違背直覺，所以她深感不安。

公冶乘的打呼聲彷彿提醒寒櫻選了錯誤的決定，但事已如此，難不成要再痛下殺手？儘管立下毒咒，可是對公冶乘而言多毒的誓咒似乎都遏止不住最深層的慾念。寒櫻知道他絕對不怕死，他苟延殘喘只為完成所求。

這樣的人卻看見了不該看見的東西，讓他活著只會加深寒櫻的煩惱。

寒櫻在黑夜中伸起手，只消緊緊捏著，須臾便能解決一切煩憂。

一道氣息突然摸到寒櫻身旁，夜色裡只見一雙猙獰血眼，那瞬間她竟感到顫寒。那抹殺氣來的太快，在近乎一眨眼的時間亮出冷光，寒櫻只見過一樣東西發出如此邪魅的光澤。

根本沒有反應的餘地，寒櫻身體動彈不得，任恐懼巨獸耀武揚威。夜闌人靜，利刃穿過血肉的聲響清晰可聞，血在上腹部暈開，黏膩觸感深深傳入內臟，距離死只有微毫之遙。

寒櫻彷彿能看見自己臉色蒼白。然後她聽見人聲緩緩飄蕩，又輕又柔，宛若她為不幸戰死的戰士所唱的哀歌。可怕的冷光再次浮現，並帶著濃濃血跡，接著再一刀下去。

那是公冶乘的聲音，虛弱，氣憤，似乎在發抖。即使閉上眼睛也能嗅到令人發寒的殺氣。

血如外頭小雨滴滴答答，每一聲都讓寒櫻畏懼，她從未體會過這種從頭到腳冰冰痲痲的感覺。她覺得有股能量從背後抽出，也許是靈魂。

「你在幹什麼？」

這時有人大喊。是伊拉露門，她的吼聲像是把鑰匙，解開寒櫻凝結的身子。那股殺氣移開了，寒櫻瞬間坐起來，恢復理智，聚集力量朝殺氣轟出去。

「啊——」

伊拉露門點起燈，照亮驚愕的臉。寒櫻的衣服淌血，可是她並沒有受傷，往前一看，想刺殺的她人竟然是烏塔克，而公治乘正在拚命制服他。

烏塔克拿著公治乘的劍，一副殺氣騰騰，儼如公治乘制服孤奴時的模樣。

寒櫻方才的攻擊並未奏效，反使公治乘傷得更重，他在紫晶洞的傷未癒，又被自己的利劍所刺，已無力量擒住烏塔克。

這時烏塔克掙開束縛，但小乖迅速絆倒他，伊拉露門踩住那柄劍。

烏塔克更像是無意識活動，變成那把劍的魁儡，劍身散發詭異的力量，比公治乘使用時還暴戾。不先打掉劍，便無法制住烏塔克，因此小乖纏住他的身體，伊拉露門則雙手強握劍柄。劍的周圍縈繞黑氣，迅速包覆伊拉露門的手臂，她唱詠洗淨惡靈的咒語，企圖削弱劍的惡氣。寒櫻也趕緊上前幫忙，師徒倆按住劍，同時被捲入黑氣中。

伊拉露門雖然神情痛苦，仍緊緊壓制烏塔克。

這到底是何種強大的惡咒，竟然讓傳奇女巫也深感棘手。一想到公治乘平時使用這把劍行動，那得承受多大的痛楚。如此，兩人也明白公治乘為何能在各種重傷中殘活下來。

伊拉露門的咒語還是徹底懾住不祥之劍，黑氣緩緩消退，烏塔克的眼睛也漸漸變回原樣。緊繃的殺氣頓時煙散，所有人皆汗流浹背，彷彿山洞內也下了一場雨。

「這東西比尼德蘭人的武器還討厭。」伊拉露門奪過劍，嫌惡地扔到一邊。

烏塔克兩眼翻白，臉上幾無血色，生命力似乎都被吸去了。於是小乖鬆開他，讓伊拉露門為他治療。

確認那把劍不會出亂子後，寒櫻才快步看查公治乘的傷勢。連孤奴厚皮都輕易刺穿的劍，劃在人身上其慘狀可想而知，公治乘渾身是血，而且劍刃傷骨，搞不好會殘廢。

見他血流如瀑，寒櫻不禁心頭一愣，這人明明被自己折磨慘了，竟還要拖著傷軀擋劍。這次跟在拉維多瑪果不同，寒櫻是真的讓他救了一回。

公治乘沉重癱在地上，最後一絲氣力流失殆盡，彷彿已到死亡邊緣。是了，換做常人早不知死了幾次，公治乘卻苟活至此，但他的眼眸正在流失光彩，強盛的求生意志一點一滴乾癟。

「嘔——」公治乘吐出黑血，神色鐵青，整個身子抖個不停。

「別動，你別亂動啊！」寒櫻按住其脈搏，避免血液流失過多。

唯一的大幸是主傷口離心臟還有一段距離，否則任誰來都沒救。寒櫻對這傷勢也很棘手，只能用靈力灌注生命力，維持脈象正常。

讓寒櫻驚訝的是，公治乘還能說話，他虛弱地說：「主人……妳沒事就好……」

此刻寒櫻豈管這是不是虛偽言詞，一個人傷成這副德性，天都要收回去了，說什麼都不重要。

但寒櫻偏偏不斷憶起公治乘如何救她，她有那麼一刻怨懟自己竟想殺了這個捨身救她的男人。無以名狀的情緒七上八下，但她要強作鎮定，女巫即使命在旦夕也得保持冷靜——雖然方才已經破功，都是因為思慮著公治乘的事情才疏於防備。

「你這龍國人太蠢了，縱然想騙我，也不需要做到這份上。」寒櫻想道聲謝，可那不符合她的性格，話語在嘴邊悠轉幾回，最後還是用了嘲諷的口吻。

「這樣、妳才會相信，我真的……不食言——」公治乘一口血噴到寒櫻的袖子。

公治乘早是個人精，能從寒櫻微妙的語氣變化聽出她的真實想法。吐完那口血，他眼神迷濛，高燒不退，人已失去意識。

伊拉露門安置好烏塔克，便翻箱倒櫃找出一堆珍奇藥材，甚至有從龍國帶回來的老人參與靈芝。她毫不吝惜地將這些珍貴藥物搗成細碎，加上咒藥秘方，替公治乘熬了養氣活血的藥湯。以公治乘的狀況來看，恐怕得吃傳說中的神仙藥才有救。

「中了咒術。」

「什麼？」寒櫻問。

「烏塔克那小子被人給操控了，」

這時寒櫻才想起烏塔克凶狠的模樣，很明顯受到某種力量牽引。她凝著那把扔在地上的劍，鋒利但普通，看不出異狀，更沒有惡靈的跡象。偏偏公治乘跟烏塔克拿到它後整個人都變樣了，要說這把劍有惡靈作祟也不無可能。

寒櫻小心翼翼踹了那把劍，伊拉露門喊道：「小心點，裡面的東西差點要走妳的命。」

「它沒理由殺我。」

但公治乘可能有。若理解成這把劍能傳遞公治乘的心念，那麼也就不難明白烏塔克為何拿著它對寒櫻下手。

寒櫻不想這個，她拾起劍，端詳劍上的血跡，看過公治乘持過這麼多次，這還是觀察最清楚的一次。她發現這把劍花紋美麗，雕工精細，絕非俗物，用精準的龍國詞彙形容就是「巧奪天工」。而且不消試用，便能從劍身的寒氣看出其鋒刃。劍上並無寒櫻所想的邪惡靈質，倒是一股強大的氣源源不絕流動，不斷給寒櫻輸送力量。力量之大，非常人可承受得住，連寒櫻都略感吃力。

怪不得公冶乘能對付厚甲孤奴。

「不得了的好東西。」伊拉露門也湊過來瞧。她說這劍由精選鑌鐵打造，輕薄堅韌，萬中取一，削鐵如泥自不在話下，更讓人忌憚的是加注在裡頭的神祕之力。

寒櫻放下劍，走到公冶乘身旁，右手懸在他的下腹處。

「妳在做什麼？」

「他欠我的命已經抵掉。」

「呵呵，妳也是個優良商人了，不過就算妳收回靈力，恐怕也……算了，這傢伙的命如此硬，可能又會顯出什麼奇蹟。」

夜已過半，寒櫻卻全無睡意，默默守著公冶乘，平時清澈的腦子堰塞成堵，所有思流交雜混亂，理不清頭緒。

烏塔克平穩的打呼聲嘲諷著方才劍拔弩張的氣息，彷彿一切泰然。一邊沉沉睡著，另一邊則渾身高燒，似乎要燃燒起來。伊拉露門輕輕唱詠安魂曲，試圖鎮壓那把劍，可它靜靜臥在地上，看不出絲毫危害。

「搖曳的火把在傍晚的山丘上，就好像一隻一隻螢火蟲在閃爍。」寒櫻悠然哼起哄著孩子入睡的古謠。

伊拉露門確認這起突襲事件跟公治乘無關。

她在烏塔克身上發現一個小小的人型木雕，並刻著怪異的符號，這非龍國或鹿洲擁有的東西，而是來自遙遠國度的詛咒。唯一能聯想到的便是尼德蘭人，只有他們會帶來詭異的符文。

於是她盤問烏塔克的木雕從哪得來，他方睡醒，還不知道自己惹了大麻煩，但滿山洞的血腥味真實記錄了夜裡發生的事情。烏塔克認真回想，說前日和小乖到林子狩獵時，發現一棵被伐過的合歡樹上放著這條木雕項鍊，他覺得漂亮便拾了回來。

經烏塔克這麼一說，答案更明確了，膽敢在大龜文跟斯卡羅交界處伐林的只有那些仗著火槍厲害的尼德蘭商人。

「寒櫻，妳被尼德蘭人盯上了。」

「哪天不是？」

「居然利用小孩，一點也不光明。」

氣氛不適合繼續深討昨夜之事，伊拉露門便半開玩笑的說公治乘這副模樣怎麼解決孤奴，這筆交易做不成了。寒櫻嘴角微微上揚，想笑卻笑不出來。還有孤奴要應付啊，不能把時間耗在迓仙崖了。

於是寒櫻決定把公冶乘留著，自己先一步回去，畢竟部落的事乃燃眉之急。伊拉露門也認同這個作法，因此寒櫻整理了一會，揉了揉疲憊的眼睛，準備回大頭目所在的內文社。

她換下沾滿血的衣服，從蓆子取了新衣裳，卸下一堆首飾時，看著那條格外奪目的孔雀珠。換好後，她重新掛回首飾，唯獨留下公冶乘贈的孔雀珠。

「我以為妳很喜歡呢，打算送我？」伊拉露門拿起珠子，欣賞它璀璨的光澤。

「龍國人說過，救活他才把珠子給我，恐怕暫時掛不上了。」寒櫻說。

跟小乖、伊拉露門話別後，寒櫻便匆匆踏上行程。內文社外層有個十多個同為大龜文的部落，以及龍國人聚落，有一半以上正遭受孤奴襲擊。那些定時往來的龍國商旅組成大隊，並聘當地人協防，從他們口中得知犧牲者正與日俱增。

剛從斯卡羅過來的商旅哀嘆說，那邊不只有孤奴，還不知為何所有產物的產量下滑，貿易量僅有平常六成。另個相當熱烈的話題莫過於八閩水師砲轟拉維多瑪果，沿海出現大量福船戰艦巡弋，讓來往黑水溝的商船驚心膽跳。

商人們怕官兵把海賊逼急，會對他們的船下手，也怕鹿洲孤奴肆虐，生意不好做。

走了兩天，寒櫻消滅了六隻孤奴，獲得商旅跟部落的讚賞。這些孤奴不難應付，部落戰士用木槲蘭便能圍剿。寒櫻希望別出現如高佛社的厚甲孤奴，那麼大龜文就能有驚無險度過這次危機。

兩日了，寒櫻不禁想到公冶乘的傷，縱有那副好筋骨，也得休個十天半月。離內文社越近，紅山頭頻繁出現，但綠繡眼同時帶來不祥之兆。

在路上正好遇到大頭目派往迓仙崖的人，主要帶了兩個消息，一是孤奴正往此地聚來，二是斯卡羅送來大山豬，打算和解。

「那邊的疫病如何？」

「不清楚，但肯定不輕，他們可是拖了一整隻山豬來。」

其實詛咒是寒櫻下的，問題嚴重與否她心底最清楚。因此就算烏塔克不受符文控制，為自己的部落刺殺寒櫻，行為與動機都可以理解。

「你回去告訴大頭目，我最慢後天到。聽說溪流被兩個大孤奴佔住了，我要帶人去看看情況。」

「還請多小心。」

傳話的族人說完便折返回去。

寒櫻休息一會，跟著戰士們往溪流前進。茂密的樹林幾乎擋住去路，只能用刀子砍掉樹枝緩緩前進，不遠已能聽見淙淙水流。前方樹林被破壞的東倒西歪，地上出現一個個巨印。

水氣沖不散孤奴難聞的氣味，可以肯定前方必有那擾人的東西。突然林子發出騷動，寒櫻驚嚇地叫了一聲，其他勇士立刻戒備四周，才發現只是一隻繡眼畫眉。

上次夜半被烏塔克嚇了一次，寒櫻的神經尚未和緩，特別是她有時候還不經意將心神勾到其他地方去。

眾人的聲響驚動伏憩的孤奴，猛然爆出一聲震地響，一頭巨大孤奴折翻樹幹，渾厚的臭味立刻瀰散空氣。這孤奴不只巨大，身上皮膚也不同，猶如鐵般的顏色。寒櫻感覺到極大危險，這簡直是披上鐵甲的孤奴，恐怕火槍也鑿不出洞。

部落戰士都很靈敏，明白眼前的巨大傢伙不好惹，說不定要用紅夷大炮才有效果。

大炮。寒櫻忖度轟炸拉維多瑪果的紅夷大炮，震天撼地的巨響，消滅萬物的威力，也許用來打孤奴能收到奇效。

寒櫻感到巨大壓迫，握石刀的手微微發顫。孤奴的眼睛不呈血紅，而是吸收一切光彩的黑暗，黑洞般的眼眸既沒散發殺意，也無狂暴，只是遵循與生俱來的毀滅本能。

而且鐵甲般的孤奴共有兩隻，一前一後堵住生路。寒櫻按住手腕捆的木槲蘭花，聚起山林天地靈力，卻無法如以往淡然。那晚近臨死亡的懼怕重浮心頭，擾亂心緒。

也許經歷過一次深層恐懼，她才明白自己並非無所不能，儘管強大，卻只有一條脆弱的命。她太年輕，不知伊拉露門飽經歲月洗鍊的沉穩多麼不易。

吼——鐵孤奴發出雷鳴怒嚎，驚動漫山飛鳥，寒櫻見到一片禽鳥雷雲般湧來。

火靈蓄勢待發，轟出熊熊烈焰，高熱炎火瞬然吞噬鐵孤奴，但火竟反彈回來。勇士們見狀趕緊四散躲避，寒櫻卻楞站著，耳裡盤桓鐵孤奴吼聲，然後這些聲響變成一條條游絲，在火中熔盡。時光宛若凝滯，也感受不到呼吸與心跳，火不熱，風不揚，像極了鐵孤奴眼中寂寂黑暗。

火吞滅所想幻想，一道聲音響起：「主人，我替妳送東西來了。」

公冶乘抱著她避開火舌，並拿出那條被摺下的孔雀珠。寒櫻愕然無語，這人怎麼可能出現在此。

但公冶乘不是幻覺，他把孔雀珠放在寒櫻手上，鬆了鬆脖子，抽出劍，熟悉的氣勢再次回歸身上。

「主人，別發呆了。」

公冶乘闖入火海，接著傳來聲聲鏗然，鐵孤奴仍維持無動於衷的神情，但正在步步後退。另一個鐵孤奴的聲響喚醒寒櫻。公冶乘說的對，不能發呆。寒櫻對自己說道。

她轉向後面的鐵孤奴，捲起大風，風狂如刃，片片割破鐵孤奴的皮膚。

那些勇士嘖嘖稱奇兩人的身手，寒櫻的本事就不用提了，公冶乘竟可以用一把劍壓制，這才讓他們驚異。

大殺片刻，兩隻鐵孤奴終於倒地，但兩人也耗費許多力氣。公冶乘的劍更是損了幾處，寒櫻笑道：「原來那玩意兒也會壞？」

「當然了，天下豈有不壞的事物？」

「那又何必搶著當神仙。」

「拖著也好吧，晚個一萬年、十萬年死。」

公冶乘笑聲未完，一雙腿便無力癱下，部落勇士急忙上前攙扶。

「這副身體竟敢出來，你不是很惜命嗎？」寒櫻沒想到伊拉露門會放他來。

「做買賣要講信用，諾成必守。我答應主人的事沒辦完，不敢死去。」
「別喊我主人，你已經自由了。」
「那叫寒櫻姑娘？」
「隨你的便。」
寒櫻發現公治乘手上有個咬痕，便怒罵：「你瘋了嗎！居然讓小乖咬你？」
百步王蛇雖然毒性強悍，只要應用得當，便能暫時提供身體精力，但畢竟是毒，不能長久，否則會產生更可怕的後果。
「是我求大主人做的，我可不能平白躺著，看妳身處險境。」
「險境？你現在才叫險境，一傷未好，還要接著受傷，你有幾條命呢？」寒櫻嚴厲詰問。雖知公治乘是為保護她，可她就是不願欠情，特別是再欠公治乘。
「幾條命也換不上妳的安全，大龜文女巫總比我這小保鑣值命。」
「別說話了。你們把他抬到村子去，只要他說一個字，就揍他一拳。」
「我——」
寒櫻立即賞了一拳。
公治乘只好莞爾不語，讓人給抬著走。
隔日公治乘已能行走，兩人便加快腳步趕赴內文社，深怕還有更多難纏的鐵孤奴。大龜文亦有其他巫師，但能與寒櫻比擬者少之又少，如伊拉露門者幾乎沒有。

寒櫻猜測情況若太過嚴重，大龜文跟斯卡羅可能會結盟抵禦，到時伊拉露門也不得不出面。某方面而言，這是好事，這樣尼德蘭人便無隙可趁。

午後雷鳴轟轟，驀然降下傾盆雷雨，兩人正好進入龍國人村落避雨，這些龍國人都認識寒櫻，這裡的幾個龍國聚落隸屬大龜文，因此村莊有事，寒櫻也會義不容辭幫忙。見到她來，都左一聲「仙姑」，右一聲「仙姊姊」殷勤招呼。

公治乘也吃好喝好，受其招待，順道打聽安鎮港的事。村裡人說孤奴肆虐後，以往沿村交易的商旅甚少停留，全趕往內文社，跟大頭目和長老談完交易便速速撤回，就怕耽擱了遭遇孤奴襲擊。

反正公治乘已決定先完成跟伊拉露門的交易，再去安鎮港尋船，因此也不急。但有人表示安鎮港最近卻不安定，似乎是拉維多瑪果的海盜撤離後，有部分跑到港口騷擾，搞得當地的尼德蘭人很頭疼。

「八閩水師真厲害，一個炮擊搞得鹿洲不安寧。」公治乘笑道。

「還笑，那邊出事了，你還想不想回家。」

「先等辦完事拿了酬金再說，沒錢回家有何用？」

說的也是，畢竟公治乘本就是為了錢才冒險來鹿洲。但說起錢，寒櫻便想到鹿神的事情，看到公治乘的命如此堅韌，不免擔心他寧犧牲命也要賣消息掙錢。

「寒櫻姑娘，妳放心，我決不食言。」

「知道了。」寒櫻聽不習慣公治乘喊名字，但也不好多說什麼。

雷陣雨飄過後，兩人繼續趕路，黃昏時便回到內文社境內。公治乘抬頭望著夕日，可能是方下過雨，今日霞光比以往都輝耀的多。這邊的山林整理的很乾淨，道路也築得很平坦，山口還有兩個瞭望臺，說明大龜文王城要到了。

守衛跟寒櫻寒暄幾句，並沒多問公治乘，這時公治乘猛然仰頭，山上照映下來的可不是落霞啊！

「黃、黃金——金子啊！」公治乘趕緊擦了擦眼，一排排亮澄澄的金子堆砌而上，建構成雄偉華麗的牆面。金牆刻劃了大龜文先祖的傳說，以及眾多圖騰，走到另一面，驚見一條用金箔貼成的百步王蛇，比小乖還大上許多。

夕陽充滿反射黃金的光澤，將樹林、木柵，甚至人都染上金光。

「世上真的有用金子打造的地方……這不是天宮吧……」公治乘激動地挪不開視線，切確的說，除非閉上眼，否則看到哪都是金子。

第五章　黃金之城

大龜文王國的中心內文社分成內外兩部，外部是族人居住地，人口稠密，耕耘簡單農作，四處能見到商人運來販售的物品。但無論尼德蘭人或龍國人的商隊至多止步於此，更上去的內王城就不是隨便人可進。

讓公冶乘最目瞪口呆的是一座黃金閘門，是百步蛇的頭型，足有孤奴般大小，在夕日下彷彿發出黃色波浪，瞬間淹沒他的視線。只要撬走一小塊，便能獲得可觀財富。

寒櫻沒有制止公冶乘垂涎的模樣，不只是他，所有遠道而來的人們恐怕都會拜服在黃金城之下。

內王城佔據制高點，俯瞰大龜文十八聚落，王者之氣不需多說，背後孤仞絕嶺形成天然屏障，扶疏綠蔭巧妙遮蔽黃金城的光輝。誰能想到山中絕地藏有如此富庶之鄉。

「這裡是仙鄉啊……」

恢弘氣派，金光刺眼，儼如古書記載的仙居神所。

這些寒櫻早習以為常，但對公冶乘來說刺激太大了些，那雙腿止不住發抖，只差沒跪下去表達內心激動。

守門的魁梧戰士狐疑地盯著公治乘，不解為何寒櫻領著陌生的龍國人上內王城，之前尼德蘭人派來的特使想進來都被嚴厲拒絕。

「別亂瞄，小心挖你眼珠子。」寒櫻警告道。

她告訴守衛，公治乘是伊拉露門推薦來見大頭目的，聽到伊拉露門的名號，守衛立刻消除疑慮。

公治乘稍稍恢復理智，壓抑著興奮的心情問：「讓我來這裡沒問題嗎？」

「你不是跟伊拉露門約定了嗎，那就沒問題。」

守衛朝裡面大喊一聲，接著裡面的人轉動轉軸，黃金匣門咿咿呀呀上下敞開，猶如大蛇張口。門內建築展現了大龜文高超的工藝，石版屋皆用黃金裝飾，各樣栩栩如生的圖騰高高掛在屋簷，這些氣派的屋舍整齊坐落，中央砌了一條金道直通開會用的公社，想當然耳，公社自是金碧輝煌，和公治乘在高佛社看的到完全不能比擬。

住在內王城的都是階級最高的貴族。大龜文由兩個王室貴族統治，他們的成員基本都在這兒，因此最強悍、英勇的戰士也聚集於此。

寒櫻帶公治乘到公社後方的大頭目宅邸，公治乘的眼睛幾乎沒眨下，那些金飾金雕看上一天都不嫌累。

「從前我不覺得這些木製品有什麼特別，現在看著每一樣都十分厲害啊。」公治乘指著那些有一個人大的直立木雕，「果然放對地方，價值都不一樣了。」

「誰像你滿腦都是錢。」寒櫻想說那些木雕都是部落流傳甚久的傳說，不過說了公治乘也不懂，怕是也不想聽，便冷冷拍掉他手，說：「你如果不想要那隻手了，可以繼續指著，記得你在這裡不受歡迎。」

「我可是來幫忙消災的。」

已經到大頭目的宅邸，雖是大頭目，但房子樣式並無出奇之處，只是門前擺了很多精緻陶壺。屋內傳來嘈嘈人聲，頗為熱鬧，寒櫻此時卻想該不該進去。她想起帶口信的人說了，過幾日要舉行戰前祭，為即將進行的大規模掃蕩孤奴祈福。另一個隱喻是告知族人，準備抵禦那些有可能侵犯的敵人。

難怪大頭目家中會如此熱鬧了，每當大敵當前，若無其事暢飲才能顯示無畏的勇氣。儘管這次比以往棘手的多。

寒櫻向來不熱衷這種歡騰氣氛，若是出來主持正式祭典那倒沒話說，但她冷冰冰的臉孔實在不適合進去私宴。但一旁無人可通報，她忖是否改個時間再來。

正躊躇時，一個精壯的中年人走出門，喜出望外喊道：「我們的大女巫回來了！」嗓門響得整個內王城都聽的見，寒櫻這下想走也不行。

一千人挾著酒氣出來，公治乘很容易就能認出誰大頭目，他叫固以，繼承淵源流長的家屋名稱，體型剽悍，樣貌威嚴，一雙洞悉世情而富有智慧的眼睛，猶如熊鷹精準探查一切。

固以給人的印象很兇悍，跟寒櫻說話時卻意外的溫柔，他笑道：「怎麼站在這裡不說話，我們才剛提到值得讓大龜文驕傲的女巫。哦，旁邊這個小夥子，就是伊拉露門推薦的龍國人？」

貴族們擁到公治乘身旁，和善的向他擁抱，歡迎他一起加入作戰。公治乘方才還聽寒櫻警告，沒想到這些頭目跟長老出乎意料的友善，但也不排除是喝了酒酣耳熱的緣故。

不對，應該是因為伊拉露門，大龜文的人對她相當尊敬，只要得到她的推薦，討人厭的龍國人也會受到接待。

「看起來很普通嘛。」

「他可是能隻身殺掉變異孤奴。」

沒有持劍時的公治乘很普通，就是個體格較精壯的龍國人，看上去跟一般龍國商隊裡總是怒眼相向的護衛沒什麼不同。

「伊拉露門的話不會錯，總之，先看看他的實力吧。」固以說。

大家紛紛頷首，拉著推著把公治乘帶到屋子裡，寒櫻看見他窘迫的神情，忍不住嘴角微揚。

公治乘以為要在房子裡試殺孤奴，沒想到他們搬來許多桶子，固以從地上拿了有兩個杯的木頭酒器，盛起香味撲鼻的小米酒。固以先喝一杯，另一杯則轉向給公治乘。

「看我的實力，是指喝酒的實力嗎……」

「如果你喝不完這杯，我倒是可以幫你。」寒櫻說。

「說什麼呢，我在家鄉號稱酒神，誰找我喝都得直進橫出，莫說多辣多燻，喝起來眉頭不眨一下。」公治乘自傲的說。
「好啊，喝吧。」
「一杯有何難，我不信能多嗆辣。」
公治乘一飲而盡，抹了抹嘴，驕傲地瞥著寒櫻。
固以瞇起眼，豪邁大笑：「這位勇士已經接受挑戰，大家一起來為他歡呼。」
那一瞬間公治乘看見寒櫻眼裡流露不懷好意，果然所有人拿起連杯，搶著跟他敬飲。屋內少說有二十個人，一輪飲完又換一輪，氣氛遠比剛才熱烈。
公治乘初時想小米酒香氣醇郁，跟龍國白酒相比差遠了，每一杯都豪氣入喉，但第三輪開始，他便開始後悔了。這時他該想起《鹿洲歲時記》有載：「鹿洲人皆善飲。」而且不是普通善飲。公治乘越喝越慢，手裡的還沒喝完，下一個便搶著來。寒櫻像個局外人坐在一旁，雖說大龜文善飲者多，但她正是不愛飲酒的人，除了祭祀時象徵性喝連杯，其餘時候一概不飲。不像伊拉露門只要一喝，必然全場歡動。
「再來！」公治乘笑指著他們，眼神迷茫，腳步輕浮。一次拿著兩個連杯飲下，獲得滿堂彩。
他臉頰通紅，笑笑咧咧，一個踉蹌跌到後面牆壁。
「別喝了。」寒櫻制止道。
「正開心呢，哪能停啊。」公治乘站穩身子，繼續舉杯。
走了兩步，正要斟酒時，他忽然臉色一變，眼眉全皺在一起，像要跟鼻頭連住。

寒櫻見狀喊道：「把門打開。」

門一開，公治乘摀著嘴飛奔出去，但已經有些東西噴發，他撥開外頭的陶壺，清出一塊地向下彎腰，接著大嘔一聲，彷彿要把腸胃掏出來。公治乘吐得沒準頭，部分殘沫噴到衣服上，不過他沒時間在意，很快又吐了一波。

固以站在門口大笑，對公治乘的熱情甚感滿意。只是他喝醉的模樣，很難想像是能隻身擊殺孤奴的勇士。

寒櫻本想攙起他，但他吐完起身時不慎滑倒，跌在那灘不忍直視的穢物。這跟拉維多瑪果成天買醉的海盜一樣，落魄又難看，若非有伊拉露門跟寒櫻保證，誰能相信要與他合作。

「讓這笨蛋睡一會吧。」

「真不好意思啊，我以為他能再撐。」固以說。

「反正他就是這種人，我看著他就行了。」

「哈哈哈，寒櫻也變得溫柔了呢。」

固以便招呼眾人回屋內。

寒櫻可不覺得自己能扯上「溫柔」這個詞，前幾天她還想弄死公治乘。趁公治乘躺在嘔吐物裡呼呼大睡時，寒櫻登上了眺望台，一陣風拂過，似乎要將她帶到天上。方能化成風時，她的確時常從這裡飛行，猶如一隻熊鷹盤旋整個大龜文。

瞭望台的視野很好，可以看見海岸線，假如能看得再遠些，也許看見氣勢洶洶的八閩水師；

底下則有殷勤販貨的龍國商人，不過因為孤奴肆虐，商人比以往少得多。往後方能瞧見裊裊炊煙，那是她和公冶乘借宿的龍國人村落，雖是龍國來的，但心地純樸多了。

這是她喜愛的山林，孕育著她喜愛的族人，但她隱然感覺和平的風漸漸孱弱，煉風隨之而來，似乎將挾帶令人難以想像的狂風暴雨。並非因為孤奴，裡頭有著更難解、更使人畏懼的因素，可惜寒櫻始終解讀不出神靈的啟示。

但有一點是確信的，她要守護這裡，保護祖先辛勤開墾，代代流傳下來的土地。

——公冶乘的鼾聲打破她的獨白，於是她走下瞭望台，喚來兩名戰士，取水潑掉公冶乘骯髒的身體。

翌日天方破曉，公冶乘還因宿醉頭疼，但寒櫻不由分說命人拖他出來。大龜文最精銳的戰士已整裝待發，全由寒櫻統轄。

許多年長巫師、女巫合力為戰士祈禱，送上祖靈的祝福。公冶乘躲在陰影下拚命揉著太陽穴，那些禱聲讓他更感頭疼，本想堵著耳朵，結果睡意一來又睡矇去了。

直到寒櫻朝他胸膛踹了一腳，他才大夢初醒。

部落戰士們當然不敢置信，公冶乘這副德性能有什麼幫助，但當他們見識公冶乘俐落、蠻橫的劍法時，再次證實伊拉露門的眼光無誤。各社隊伍分批掃蕩，最後在內文社附近的瀑布碰頭，一路上除了有幾隻較難纏的厚甲孤奴，絕大部分都算容易應付，可怕的鐵孤奴倒是一個也沒見到。

負責搜索的戰士沿山細查，每一個山溝、每一處洞穴都不放過。寒櫻發現自殺掉兩隻鐵孤奴，孤奴的數量便劇減，也極少出現危險性高的變異孤奴。若再遇到一次，以公治乘目前的狀況肯定支撐不住。

各社戰士對公治乘的表現讚不絕口，一連十日，縱橫大龜文十八部落，跑遍每座山頭。孤奴的危害算是告一段落，各社集結來的戰士也紛紛回去，寒櫻則率領內文社六十人返家。

商人的感知比山裡的任何動物都強，一解除孤奴危機，他們又成群出現，固定道路上便見到絡繹不絕的商隊。內文社前的龍國人聚落忽然湧入人潮，加上內文社的戰士，能住的地方都擠得水洩不通，不過當地居民自然優先把位置讓給大龜文戰士，排不到信宿者只好在村落外搭帳過夜。

村裡的孩子很喜歡寒櫻，見到她來了，一群鬧哄哄地簇擁上來，爭先恐後現著安鎮港來的新奇玩意。雖僅是一抹淺淺的莞爾，便能感受寒櫻發自心底的溫柔，但公治乘一湊過來，她又板著臉。

公治乘想變戲法逗她笑，結果一條繩子弄不好，反捆住自己的手，讓孩童們笑的東倒西歪。另一邊戰士喚他去喝酒，也拜公治乘善於應對人，那些戰士都被他的巧嘴馴得服服貼貼，樂得跟他勾肩搭背。

伊拉露門說的對，他應當自己開鋪當老闆，要不了多久就能盆滿缽滿。

這時村長沉著臉走來，不安地說：「仙姑，你們出去殺怪物時，有批人正好去了內文社，一大群人，妳絕對想像不到。」

「斯卡羅？」

之前斯卡羅也遣過使者要求結盟，但大頭目沒有表態便將人打發回去。

村長搖頭，憂心忡忡地說：「如果是他們，至少還光明正大，但最怕笑裡藏刀的了。」

龍國人跟尼德蘭人不都是嗎？寒櫻暗忖，但村長畢竟是龍國血統，也不好意思說得太明白。

「尼德蘭人？」

「對，那些紅毛人拖著十幾輛車，全用厚麻布蓋著，綁得穩穩牢牢，像怕被人看見。他們到我們村子裡還很不客氣，要喝要吃的，而且他們說是奉什麼長官之命來，根據什麼東西法硬要拿著幾擔糖，死活不肯付錢。」村長越說越氣，皺紋彷彿要飛躍起來，「他們就仗著火槍欺負人，要是您在場，那些紅毛就該慘了。」

寒櫻聽出來了，村長是希望她能幫忙討公道，更切確點，是討回被搶走的鹿皮跟糖。這幫尼德蘭人估計沿途強行買賣——這也不能稱為買賣，只能稱為搶。

尼德蘭人宣稱鹿洲尤其統治，轄下的部落跟隆國人聚落必須按時繳納稅金，也就是鹿皮跟糖。但安鎮港以南願意聽命的不多，更遑論斯卡羅跟大龜文，因此這次尼德蘭人是鐵了心要收服大龜文。

只要大龜文聽命，等於降服整個鹿洲南方。

對於尼德蘭人突然的行動，寒櫻深感不安，於是連夜招集戰士，火速趕回內文社。戰士們聽說後，也表示不悅，他們老早想教訓尼德蘭人，這些龍國村落每年都有向大龜文繳納歲賦，乃大龜文所轄之地，現在尼德蘭人膽敢動手，便是敲響戰鼓。

回到內文社時，果然看見十三輛蓋著厚麻布的大車，以及七十名持火繩槍的尼德蘭士兵，穿著整齊劃一的制服。這陣仗已非挑釁，乃擺明要以武力征服。

固以不甘不願的在外部接待使者，所有族人都在一旁圍觀。寒櫻帶著六十名精悍戰士，大剌剌從尼德蘭士兵中央穿過。兩方人怒眼互瞪，空氣極度緊繃，似乎只要一點聲響就能引發大戰。

「我以為你們會更懂得禮貌，也許你們的神沒有教吧。」尼德蘭使者朗格譏諷道。他體態豐腴，眼睛總是往上吊，擺出鄙視的神情。

「我們的神靈確實沒教好你們，否則就不會沿途做出丟臉的事，還在這裡沾沾自喜。」

「親愛的固以頭目，若我沒聽錯，我完全感受不到你們的誠意。」朗格神氣地指著他的士兵，「為了替你們阻擋怪物跟海盜，我們母國特意增遣援兵，當然這只是一部分，如果能達成我們雙方滿意的協定，恕我直言，斯卡羅人將沒有任何還手餘地。」

可見斯卡羅的情況比預想的還慘，逼迫尼德蘭人放棄原本堅定的盟友。

固以嗤之以鼻地說：「我們已經靠自己的力量解決，不用勞煩你的軍隊。」

「你是說靠那些看起來連蘋果也切不開的刀？大頭目，請容許我介紹一些更有用處的武器，你絕對會愛不釋手。」

「那就讓我的族人瞧瞧吧。」

朗格腆著大肚腩，吹了聲口哨，七十名士兵井然有序排好隊型。寒櫻也趁此觀察，這些士兵托住的火槍跟之前送給斯卡羅人用的明顯不同。

朗格命人在百步外架設木靶，接著七十人分成三排，瞄準木靶，一列打完換下一列，完全不留空隙。寒櫻發現這種槍不須像之前得經過繁瑣動作才能換上下一發子彈，裝好彈丸，按下扳機便能發射，大大提升攻擊速度，威力遠超過火繩槍。

「這是最新的燧發槍，在我們那裡，每個渴望勝利的諸侯都巴不得裝備它。當然，我認為大頭目你也充滿好勝心，只要你肯在協議上簽字，很快大龜文將成為僅次於尼德蘭的島嶼統治者。」

「你想用這個東西逼我參加會議？」

「對你跟你的族人有好處，仁慈的大頭目絕對不希望這片山林染血。」

「這個人比你還討厭。」寒櫻對公治乘說。

「我的笑聲才沒這麼難聽。」公治乘盯著那些新式火槍，似在盤算這些東西流向龍國能賺取多少利益。

固以頷首，承認燧發槍的確不同凡響，但他不改初衷，嚴詞拒絕道：「我已經見過你的火力，若沒其他的事，恕我們招待不周，送客。」

「慢著，你這是糟蹋我國的顏面。」

「你們乘著大船不遠千里來威脅我們，我們早可以砍下那些長著紅頭髮的腦袋，告訴子孫我們是如何對付企圖破壞山林和平的人！」

「你應當更有理智一點。」朗格莞爾道，能努力維持風度，只是他的眼神蘊含濃濃恨意。

這下寒櫻憋不住了，她直截了當的說：「你還能安然站在這裡說話，已經充分顯示我們的理智。滾出我們的家園，不准再隨意砍伐樹林，肆捕鹿群。」

朗格見識過寒櫻的脾氣，上次他嚴厲希望大龜文派出代表參與部落會議，用詞過甚，便被寒櫻捲了起來，差點沒摔斷尾錐。

因此朗格笑了笑，叫人解開繩子，厚麻布底下是一尊短身大炮。

「看完這個，也許能改變各位的想法。榴彈炮可以彌補槍做不到的事情，例如用更快的時間毀掉一搓人，它的移動速度比加農炮快，而且擁有木頭擋不住的攻擊強度。」

這次朗格拋了個眼神，士兵立刻斜背槍，俐落分組填裝炮彈，目標是內文社正對面的山頭。很快十三門榴彈砲都填好彈藥，一名炮官號聲令下，十三門炮依序引燃，砰的一聲彷若地響。

寒櫻耳畔響起拉維多瑪果的炮擊。

炮彈擊中地面，炸出大坑。若轟擊對象是內王城的黃金閘門，恐怕——寒櫻服膺尼德蘭人的武力，那確實不是彎刀跟弓箭可以應付，但朗格忘了一點，這裡是大龜文的山林，世代滋長的故鄉。

寒櫻揮揮手，早已怒不可遏的戰士包圍十三門大炮。

「這下是你們填彈藥快，還是我們的刀快？」

「妳不會想這麼做！我帶著無比的敬意來跟你們進行合理交易。」

如果伊拉露門在場，朗格縱然不摔斷骨盆，也得嚐點苦頭才能離開。

「朗格先生，聽說安鎮港最近盤桓不少龍國船隊，也許你應該把這些槍炮帶回加強防守。」

「大頭目，龍國政府早就跟我們約定了，鹿洲不受其領土管轄，他們是為了抓海賊。對了，你倒提醒我，那些海賊被打得落荒而逃，你知道他們各個都是虎狼，假如我們完成合約，你們的部落就能倚靠先進火器保護。」

固以拔出彎刀，笑道：「我的祖父教我如何打造這把鋒利的刀，並告訴我關於森林的事情，他說：『固以，繼承保護之名的孩子，你必須抵抗惡靈誘惑，傾聽善靈的聲音，並在山林跟族人需要你的時候挺身而出。』」

發動戰爭有千萬種理由，但戰爭只是獲取利益的其中一個藉口。尼德蘭人對於鹿皮的需求已近瘋狂，任何委婉或強硬的話語都只為達成最終目的。

「等你們被海賊洗劫時就會後悔沒在合約上簽字！」

砰——一道火光飛射而來，打中一門榴彈炮的炮口。煙硝四起，士兵立即舉槍警戒，又一聲槍響在眾人耳畔亮著，穩穩打在朗格面前。

「抱歉，我的手下實在聽不下去了，不小心走火，請勿見怪。」

鐵娘子踩著木屐，悠哉走來，身旁只有一位撐傘人。

「本來是打算等你說完話的，不過既然提及我們，不露個臉可會被嫌沒禮貌的。」

七十把槍口對著鐵娘子，她瞇起眼笑，神色泰然走至槍口前，近得能聞到刺鼻的煙硝味。勾起嘴角，一抹美艷的嫣笑卻叫持槍的士兵不敢動彈。

「口口聲聲說著禮貌，做的卻又是另一回事。」鐵娘子輕蔑地搖頭。

「鐵夫人，子彈不長眼。」朗格忌憚地說。

「人才會不長眼。」

龍國海盜一直是尼德蘭人的頭號競爭對手，撇除習舍跟佩卓這兩個大人物，鐵娘子的威名也使尼德蘭人深深畏懼。朗格在安鎮港待了許久，對鐵娘子的手段了然於心，若非親眼見識過，誰能想到外表艷麗的美婦如此心狠手辣。

接著龐一綹綹海賊魚貫而入，有的持刀，有的持槍，那些凶神惡煞一副隨時準備開打，這倒讓朗格驚訝的皺起眉頭。他只是來威嚇大頭目，可沒想要額外惹上麻煩，特別是鐵娘子的手下，他們每個都置身死於度外，用錢還不一定能擺平，宛若為戰鬥而生。

「要麼滾，要麼打。」

「大頭目，真有你的，你寧願跟這些被龍國水軍追擊的傢伙合作，也要跟我們的槍砲為敵？」

「你的措辭真優美，幸好沒說我們是『落水狗』，否則你真的得像狗一樣爬出去。」鐵娘子向持傘人伸手，持傘人遞了手銃給她。

朗格的眼睛迅速放大，呼吸也變得急促。他在害怕，儘管佯裝鎮定，但身體一切細微動作已出賣他。

「剛才是槍枝走火，這次就不是了。」鐵娘子點燃引信，子彈從朗格耳旁飛過，打在一座榴彈炮底部。

朗格擦掉冷汗，吩咐士兵不准亂動，他們面對一百多名海賊，數以百計部落戰士，絕沒有生還的可能。

於是他給自己台階下，和藹地向固以說：「我認為我們在溝通上產生誤會，也許下次我帶個通譯來，也就不會造成齟齬。」

「下次你只能待在牆外說，然後等著吃弓箭。」固以喝道：「把搶來的東西還回去，滾回去你們的地方！」

「我期待下次會晤。」朗格向固以行禮，盡可能不讓笑容垮掉，然後命人重新綁好榴彈炮。

寒櫻知道朗格還會再來，並且帶著無法想像的軍力，但她很滿意這個結果，早該狠狠訓斥他們一頓。朗格狼狽離去後，鐵娘子遣散部下，讓他們到外面去等。

這時固以才說鐵娘子前天便領著手下來，正巧遇上尼德蘭人。鐵娘子向寒櫻、公冶乘叨叨絮絮閒話家常，話語雖平淡，能掩不住她心裡嚴峻的氛圍。

鐵娘子既出現於此，代表拉維多瑪果陷入無法掌控的局面，否則他們不會輕易登陸。

公冶乘做人機靈，知道鐵娘子說話繞圈子，自知是顧忌他，因此先藉故離去。

「這個人也算成精了，一點風吹草動都瞞不過他。」鐵娘子笑道。

「他也只剩這個厲害。」

「不，我聽說他的劍法也很不得了，可惜我沒親眼看見。」固以把話轉回正題，「其實鐵夫人此次來是為了一幫海盜。」

「半個月前八閩水師炮轟我們的老巢，之後有幾撮人趁機起事，我雖然殺了幾個梟首示眾，但仍然鎮不住那些蠢貨。他們趁夜偷船，逃過封鎖線，一部分去安鎮港騷擾，一部分則摸來這裡。」

「怪不得……」

「怎麼，妳已經見過那群白癡的作為了？」

「只是回來時，曾聽龍國商旅提起。」

固以說：「那些摸上岸的海賊現在倒無大動作，但眼下狀況複雜，難保他們奇襲村落，因此鐵夫人才特意來說明此事。」

「那幫人打著我的旗號，專做些苟且事，被我逮到了有他們好受。」鐵娘子憤怒地說，她隨即又嶄露笑顏道：「這裡地頭你們熟，我出人，你們負責嚮導，相信要不了多久就讓他們人頭落地。」

鐵娘子笑說生殺，彷彿稀鬆平常的事，她在海上縱橫已久，也不曉得斬殺過多少人。

固以答應派出嚮導協助鐵娘子，這責任無疑落到寒櫻肩上，寒櫻自也不推諉，守護部落本是份內責任，她也不想有海賊滋擾。

晚上內文社升起營火，族人圍著火堆載歌載舞，唱著歡騰的歌謠。根據古老傳統，消滅完孤奴必須盛大祭祀，以此消除孤奴的怨氣，族人也正好熱鬧一番。

鐵娘子的部下跟大龜文戰士相互拚酒，氣氛炒得熱烈，一掃連日的陰霾。剷除孤奴後，大龜文也算恢復寧靜，斯卡羅人正忙著除災，沒心思作對，但安鎮港的尼德蘭人仍虎視眈眈。

但飽受多日驚慌，暫且享受眼前太平也未嘗不可。部落人本就生性豁達，惹太多煩憂反倒失去本色了。因此寒櫻也喝了些，喝得比平時還多，臉頰冉冉暈紅，融化冰冷的臉龐，看來更像個花季少女。

寒櫻閉起眼，輕輕哼歌，關於農作豐饒、山林生生不息。族人一致贊同她歌聲悅耳，但除卻祭典或祭祀之類有必要的場合，其他時候很難聽見她開口。

相比熱情的族人，寒櫻的性格要冷歛些。她哼歌，嘴角不禁上揚，彷若一朵紅花綻放，在夜裡飄散幽幽淡香。

她睜開眼睛時赫然看見公治乘，那抹笑顏如曇花凋謝，換回平時無起伏的表情問：「你幹什麼？」

「我聽見妳在唱歌，覺得好聽極了，就忍不住杵在這。」

「不去喝酒？還是你喝怕了？」

「豈怕？吐而已，沒多大事，再喝一次都不成問題。只是我瞧妳一個人在這，想著妳是不是累了。」

「既然知道我累了，還跑來煩我？」

「這話也不能這麼講，妳於我有恩，所以妳有狀況我也該擔心的。」

「少說廢話，現在孤奴已除，隨時可以去找伊拉露門拿錢，然後回去你該回去的地方。」

「寒櫻姑娘，這是趕我走嗎？」公冶乘神情認真，眼神裡讀不出隱含的訊息。

寒櫻還是不習慣公治乘喚她名字。

「這不合你意嗎？」

一開始還是公治乘苦求寒櫻救命，拚命想回去故鄉，如今又擺出捨不得離開的樣子。不過寒櫻沒有朝離情依依的想法走，霎時腦海只盤桓紫晶洞的事，她唯獨擔心公治乘依舊惦記這事。

「你立下的誓千萬別忘。」

「我知道。但，我只是好奇，這鹿洲究竟還有沒有——呃，好疼啊！」公治乘忽然顏面抽蓄，接著手也抖個不停。

「只要你想違背誓言，即使不用嘴說，甚至人在萬里遠，誓約都會立刻反應，要麼拋掉那些東西，要麼拋掉你的命。」

過了一會，公治乘才恢復正常，他輕搧臉頰，敬畏地說：「我嘴巴笨，腦子蠢，沒細想就脫出口了，請莫見怪。」

寒櫻呼出酒氣，難得愜意的夜晚也不想跟公治乘鬥心思。她手還沒伸起來，公治乘已遞上酒杯，似乎皺個眉頭，都躲不過他的眼。

山風勾起寒櫻秀麗的黑髮，如飛瀑懸動，飄逸木樹蘭的香氣。銀月照亮她的掛飾，頸子跟手腕泛著孔雀珠璀璨的光，公治乘贈的珠子格外透亮，彷彿穿過寒櫻嚴肅的皮囊，映著骨子裡某種輕柔的特性。

不需多做什麼，她的嫵媚已讓人了然於心，若無形無色的水卻瀲灩波光。

寒櫻又哼起歌，更輕更細，如煙裊裊升空，不唱給誰聽，只是單純發洩流竄心底的情緒。

公冶乘安靜坐在一旁，伸直腿時卻不小心踢到佩劍，鐵器碰撞的聲響蓋過歌聲，寒櫻便停了下來。她盯著那把劍，有太多的疑問，換作伊拉露門會問的，這老人家對所有事情都有興趣，但寒櫻選擇不開口，畢竟那跟大龜文沒有關係。

事情知道的越多，負擔也越沉，繫著莫名又無用的累贅有什麼意思呢？

公冶乘抱著右膝，直視前方跳舞的人群，突然說起佩劍的故事：「十年前，這時節應該快小暑了，那麼十年了沒錯。那時我護送一個大戶，從他那裡聽說了劍塚的事，我四處探訪，跋山涉水，好不容易爬上藏劍峰。守劍人說劍塚有靈，必須付出一半生命作償，所以才有了這身本事。」

「哦？」寒櫻輕呼道。

「我打小就讓父母頭疼，成天閒混，後來學了點功夫便去城裡當護衛。畢竟命不長了，忖著能多掙點給家裡人也好，這次做完這單，錢夠一家子花用，我也好做些小生意，不必再到處奔波。」

寒櫻沒有作出反應，她只是心裡楞了一下，才知道公冶乘為何寧願屈卑也要苟活。家人，家鄉，那是他活著的目標。他既剩下半輩子壽命，又遭寒櫻折磨幾次，只怕年壽會更短。

公冶乘該含怨的，只是他不敢反抗。

「明日你不必跟我，哪裡來哪裡回。」

「我以為趕走海賊才算完。」

「用不著，趕緊帶著錢回家，再說我仍討厭你。」

「我知道，但我還想跟著你做些事。」

「嫌命太長？」

「只是做人有始有終，不留疙瘩。」

寒櫻也不多說了，反正明日充當嚮導，其他的事皆由鐵娘子處理。她只覺得公治乘太奇怪，不放他時偏要走，現在要攆反而攆不開。

「待我回去，來日再送個更漂亮的孔雀珠。」

「別來找麻煩便好。這珠子已經很合我意。」寒櫻舉起手腕。

砰——砰——

驀然槍聲大作，劃破和樂的宴會，牆外射進火箭，幾間屋子立即陷入火中。外頭鼓角大響，低沉而幽怨，宛如惡靈的怨音。

固以拋下連杯，舉起彎刀，指示族人應戰。雖已醉入三分，戰士很快繃起神經，飛奔出牆查看情勢。鐵娘子的手下反應極快，銅旺領著人拿槍出去應戰，很快子彈四射，在夜色挾添恐懼。

婦孺被集中起來保護，所有戰士戒備一草一木，部分人到外面搜尋敵蹤，接著慘叫聲不絕而耳，於是空氣除了煙硝又多了腥血味。

一顆流彈飛來，寒櫻踹開公治乘，惱怒地跑向大門。她確信不是朗格做的，朗格肯定會先用引以為傲的榴彈炮轟炸一陣。但不管對方是誰，竟敢趁宴席駁火，便是跟大龜文做對。

寒櫻擁有鴟鴞般的夜視能力，因此移動極快，她避開倒在地上呻吟的人跟血，朝開火的地方全速奔跑。公治乘也跟隨在後，寒櫻沒時間詫異他能在夜裡跟上自己的腳步，他們超越銅旺的人手，來到龍國人村落。

村子冒著熊熊大火，受傷的村民無助看著家園被烈焰吞噬，趕到的戰士趕緊幫忙挑水滅火。村子外還有一些敵人沒撤走，鐵娘子的人跟大龜文戰士合力剿殺，一下子就滅掉二十多人。

雖然有些人逃走，但火勢極大，他們只能選擇先救。

「對方又跑回去突襲王城了！」一個戰士高喊道。

寒櫻大怒，化作怒風驟速捲回內文社，一口氣捲起十多人，將他們重重摔死。固以已經打退闖進來的人，加上寒櫻的威勢，那些人不敢再進，連忙掏下同伴撤離。

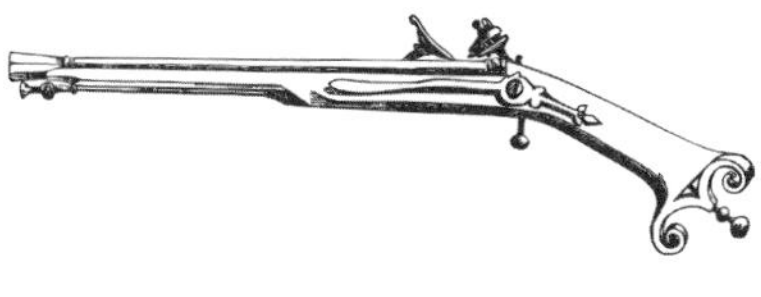

第六章　八閩水師來襲

寒櫻審視地上的屍身，找到隸屬鐵娘子的「鐵劍」標誌，這些人便是從拉維多瑪果嘩變的海賊。還沒主動去找人，倒是先奇襲進門。

「難不成……我只是猜測，這會不會是鐵夫人裡應外合的計謀，先幹一票再跑路。」公治乘說。

這麼一說，寒櫻也不免起疑，但她認為鐵娘子素來重信，不會做出傷害大龜文的事。固以等人也沒如此懷疑。

「誠信建築在利益，如今大難臨頭，那幫海賊還會遵守嗎？」

龍國人不可盡信。寒櫻一直遵守這個道理。

公治乘不久前還與那幫海賊熱切迎來，現在又背後抨擊，但寒櫻知道這才符合他的本性，況且公治乘本就不喜歡海賊。

狀況突發，內文社雜亂無緒，固以忙著清點損失，至少有兩個龍國村落跟三個社遭襲，嚴重踐踏習舍當年與伊拉露門做的約定。尼德蘭人前腳剛走，不肖海賊接著搗亂，把好不容易的安寧碎得一蹋糊塗。

鐵娘子淡定不住，氣得怒罵：「這幫畜牲真活膩了，給我沿山搜，一個活口不留！」

大伙被這波夜襲搞得心神不寧，誰都冷靜不下來，莫說鐵娘子憤怒，固以跟諸位長老也是恨不得割下那幫毀約海賊的腦袋。

「寒櫻姑娘，妳上哪去？」

「找活口。」

寒櫻焦急地走了一圈，卻沒找到有呼吸的人，只聽見遍地哭號。龍國人村落被洗劫不說，還死了不少無辜村人，身為宗主的內文社無地自容。不少人在逃難時跟家人走散，逢人便問有沒有自己家人下落。

寒櫻好聲好氣安撫，但怎勸得住一張張哭喪的臉龐。

又了一個時辰，四周緩緩安定下來，微弱的營火照著頹唐氛圍，僵硬的叫人不敢言語。固以跟鐵娘子疲憊不堪站在營火旁相覷，腳步聲此起彼落，搗亂人的心情。

「逮到人了！」

遠遠的，銅旺朝牆內大喊。眾人聽見了，怒氣沖沖出門，恨不得將對方千刀萬剮。那人雖被縛住，卻高傲地說：「俺來傳話，你們如果動手，恐怕就見不到那些小孩。」

正在尋人的龍國村人急忙湊上前，聲淚俱下求他放過孩子。

只見那人嗤笑道：「我們也沒想撕票，就尋思你們湊點銀子，明日正午到海邊來，一手交錢，一手放人。」

「你個混帳，落到我手裡還敢滿嘴放屁！」銅旺重搧他一巴掌。

「打啊，把俺打死了，看你們還要不要孩子。」

被捉的不只龍國人，混亂之中有些內文社的小孩也被抓走，聽了這話，銅旺只得罷手。

鐵娘子在一群護衛簇擁下走來，見到遭逮的海賊，上前就踹一腳，逼得他踉蹌後退，吐出一口血。

縱然那人氣傲，見到鐵娘子的氣勢立馬矬了一半，仍壯著膽子說：「鐵大姊，俺兄弟跟妳這麼久，不敢說功勞，但跑前跑後沒少幹，他娘的竟然殺我們的人！」

「不該殺嗎？趁勢搗亂，只砍腦袋還便宜你們了。」鐵娘子冷笑，「人在哪，老實交出來。」

「俺方才跟他們說了，見錢放人，還有，俺要是沒回去交差，恐怕大哥得先殺個孩子問問你們的心思。」

「我混了二十年，還未有人敢如此狂言。」

鐵娘子的護衛冷不防掐住那人脖子，讓他喘不過氣，一旁心急的村人忙喊住手。大家都等著孩子平安回來，誰都不想自家小孩跟這海賊一同陪葬。

鐵娘子也知道事態嚴重，使了眼神要護衛停手。

固以跟寒櫻按捺殺氣，跟那海賊商討贖金之事，寒櫻盡力憋住胸膛悶氣，那雙澄亮明眸都快染成血紅。約定好價格，便放人回去回覆，等明日正午換俘。只是那些龍國人更怨嘆，村子方被燒被搶，家裡細軟已空，對方又漫天要價，短時間內哪湊得出錢。

但固以要眾人放心，所有贖金皆由內文社負責，內文社多的是黃金，不差那些錢，只是這股怨氣他們定要討回來。

「大頭目，此事歸咎於我，等贖回孩子們，我不會放過他們。」

「先別輕舉妄動，孩子要緊。」

「當年不該留他們活口，真是養虎為患！」鐵娘子自責道。

「妳想他們拿了錢會往哪去？」

「安鎮港。」公治乘突然插嘴。

鐵娘子接著說：「對，外海已被八閩水師包圍，這些人定是去投靠尼德蘭人。」

「朗格的部隊還在回程路上，萬一他們聯合的話——」固以擔憂道。

「我們跟尼德蘭人的關係並不好，所以沒這可能，但見到錢之後就不一定了。」鐵娘子恨恨地說：「這事有趣了，我要不殺光他們，以後如何海上立足。」

「先以人質安全為重。」寒櫻雖也恨，但要以不傷害人質為前提。

折騰了大半夜，眾人三三兩兩回屋休憩，空氣仍瀰漫不安。寒櫻躺在蓆子，眼睛卻闔不上，腦袋迅速翻轉如何應對明日情況。這跟剿滅孤奴不一樣，無法大開大闔，若有個閃失——想到這裡便冷靜不下來，輾轉覆去不成眠。

她祈求祖靈保佑大龜文的孩子。禱念時驀然想起公治乘的佩劍，若明日公治乘也跟去，說不定能鬆懈對方戒心，趁機——不對，海賊們都見識過公治乘的本事，肯定也有所準備。

但另一個念頭揮之不去，便是公治乘說的鐵娘子設計裡應外合。雖然從鐵娘子的語氣、眼神都看不出徵兆，她挑眉蹙眉間都是滿滿悔恨，但鑒於公治乘的表現，寒櫻不得不對龍國人用小人之心揣度。

這一想，下半夜稍縱即逝，已是天光漸白，然而雲色黯然，蒼穹彷彿為昨夜的傷亡哀悼，灑落的光線也漫著一股哀然。雖忙碌一夜，寒櫻精神仍好，她心裡只牽掛被當成人質的孩子。經陽光照耀，夜裡燒毀的地方更顯狼狽，恐怕得花上一段時間修復。

鐵娘子、固以分別帶自己的人手前往海灘，行經村落時不免為一片焦土感嘆，盛怒之情溢於言表，但大家都不提，免得打破壓抑的心情。雖然固以要龍國村人進內文社暫住，但他們心繫家園，寧打地鋪守在殘垣斷壁旁。

幸而盛夏之夜還算舒適，只要冬日前恢復便好，但心靈上的創傷便不知多久才能癒合。因此寒櫻必然要安全接回孩子們，至少一家團聚，好過什麼都沒有。

接近正午，眾人來到海賊指定的海灘，沙灘上站了七八十人，以及臉上滿是淚痕的孩子，人數約有二十。離海遠些泊了一艘海滄船，仍掛著鐵娘子的鐵劍旗，這無疑是丟鐵娘子的顏面。

「存心讓我難堪。」鐵娘子啐道。

「停下，老規矩，先點錢，後放人。」領頭的海賊頭領喊道，他皮膚麥黑，手上有一條歪曲刀疤，嘴裡缺了顆門牙，據說是被鐵娘子親手打斷。

固以伸起手，戰士們便止步，其中一隊抬著裝金子的木箱走到頭領跟前。

「鐵姊，這麼大陣仗嚇唬俺啊？」

「你有冤屈不必找孩子撒氣，把人放了，照海上規矩拚一場。」鐵娘子諷道：「當海盜當到這份上，下十八層地獄也不冤枉。」

「有妳擋在前頭，俺恐怕下不去，甭說廢話，算帳！」領頭的吩咐人打開箱子，看見金光四溢，各個笑得闔不攏嘴。他們出海闖蕩，出生入死就是為了這些寶貝。

大龜文的金子並非交易用的金碇，而是各種工藝品，不過對海賊而言熔掉都一樣。

「要銀兩給金子，好，爽快，俺就喜歡你們蕃人。等秤足了俺立刻放人。」

固以一手握緊彎刀，另一手緊緊壓住，陰沉地瞪著對方，裝不出一絲笑容。

過了一會，眾人皆快耐不住脾氣，領頭的才悠哉地說全數點完，卻不打算放人。

「你試想撕約了？」

「鐵姊，不是俺不守誠信，你們的人全是凶神惡煞，俺一放人，沒準你們全殺上來。」他指著船笑道：「等我們上了船，立刻放人。」

「這跟我們說的不一樣。」固以說。

「總之條件就是這樣，選不選看你們。」

那些海賊抽刀半吋，亮出森森刀光，孩子察覺危險便放聲大哭，這哭聲讓固以再次壓下怒氣，硬著頭皮答應他們。

領頭的先帶人搬箱子上船，然後催促孩子跟上。

鐵娘子雙手抱胸，手指點著手臂，木屐不停踏著沙灘。

等最後一人上船，那些海賊把孩子放在小艇上垂降入海，孩子們抓著船身嚎啕，一聲聲都扎著寒櫻的心。

鐵娘子跟固以開始動身，衝到海上救人，船隻起錨往北航行。

「鐵姊，蕃頭目，感謝你們的黃金，下次見面，我們會全搶過來。」領頭的靠著船弦上大笑。

「給閻王笑去！」鐵娘子拿出袖箭朝他射去。

領頭的反應不及，箭插在肩頭上，但他笑得更猖狂，指頭勾了勾，手下抱著一個慌恐不安的孩子上前。

「俺跟妳混了這麼多年，狠辣的本事沒少學，留了一個，就等著宰給你們看。」

「你敢！」鐵娘子吼道。

但這些海賊有什麼不敢？

固以拍濺水花，怒指船上海賊，要他們遵守承諾。

船上發出哄堂大笑，更惹怒固以等人，但此時要游到船上絕無可能。不過那些海賊忘了有個女巫注視一切，寒櫻沖起水柱撞擊船側，船身猛然搖晃不安。

「妖婆子！」

「放人，否則讓你片板不留。」

「跟俺耍橫，看誰刀快！」領頭的掏出匕首，架住孩子細嫩的脖頸。

任寒櫻動作再快，也飛不到他面前。

剎那船上彷如時光停滯，領頭者捉住孩子發愣，蠻橫的嘴臉忽然呆若木雞。隨後噴出一盆血花，一道寒風迅速切斷領頭的手，孩子的臉沾滿血沫，哭得讓人鼻酸。

寒櫻感覺到熟稔的氣息，強硬而無情，海水似乎因而冷冽。

她才想起公冶乘一早就沒跟來。果不其然看見滿身血跡的公冶乘抱著孩子跳入水中，迅速游到小艇邊。眾人還沒來得及高興，領頭的只是斷手，他咆哮著命人準備弩箭跟魚叉，射向小艇。

「快走！」鐵娘子催促道。

眾人快速推著小艇，此時海滄船竟掉頭追擊。公冶乘雖殺掉大半人，但從船上居高臨下仍具優勢，岸邊的人又無法馳援，只能游到海滄船進不來的地方。

轟——轟——轟——

背後突然炮聲響徹，但不是從海滄船射出，寒櫻瞥見一千尺外出現三艘福船，上面懸著日月旗，與拉維多瑪果看見的一模一樣。

八閩水師怎麼追到這裡來了？不只寒櫻想問，那些海賊也想知道。海滄船立即調頭，他們船速較快，還有機會逃離。

三艘福船旁又出現五艘哨船，這是專門追擊用的船艦，有紅夷大炮炮轟，加上哨船追擊，那些海賊插翅難飛。另一面海域也出來兩艘福船，五艘大船呈犄角之勢，同時開炮。

此時固以等人已把小艇推上岸，他們在岸邊看方才還囂張的海賊如何被擊沉。

「他們是來捉海盜的。」寒櫻瞥著鐵娘子，她的臉色一陣青白，嘴唇微顫。

鐵娘子發出一連串命令，各隊開始竄逃，此刻她只有兩百人不到，要是與八閩水師正面交鋒，鐵定沒有好下場。

船上官兵瞧見海賊準備逃跑，轉向岸上炮擊。

這一轟讓固以再也忍受不住，大罵道：「這些混蛋打算連我們一起炸死？」

「大頭目，先把族人集中在岸邊，龍國軍隊不會打我們。」

「彈藥不長眼啊。」固以說。

寒櫻引述鐵娘子的話：「人才會不長眼。」

八閩水師果然只朝慌逃的海賊開炮，但海賊也看出端倪，又折返到岸邊，想到寒櫻他們身旁尋求庇護。龍國政府早跟尼德蘭人說過鹿洲諸民不歸管轄，既然雙方沒有關係，炮砸中誰只能算其倒楣。

「你們為何又跑回來！」

「拜託了，仙姑，這條小命就靠您救了！」那些大漢子一個個跪地拜託。

縱然寒櫻憐憫他們，八閩水師的炮火也不會停息。

意外的是水師突然停炮，只派遣哨船到吃水較淺的區域，陸陸續續走下一列列龍國水兵，皆戴頭盔、披鎖子甲鐵網褲，扛火槍，佩長刀，裝備相當精良。這些士兵目光炯炯，不苟言笑，一上來迅速制服海賊，完全不理會固以。

龍國水兵動作極快，慌了心神的海賊根本不是對手，三兩下全被壓在地上。後方又走來一隊弩射手，迎著一名小將，壓根沒看固以跟寒櫻一眼，只專注看著仍在竄逃的海賊。

接著有更多水兵上岸，很快匯集了兩三百人，那名小將點齊士卒，之後又來一個人。那人身材魁梧，肩膀寬闊，頭形略呈方形，個頭高出公冶乘不只一點半點，穿著厚實的明光鎧，在一片鎖子甲中格外顯眼。

此人一橫掃，所有士卒皆屏氣凝神，站得直挺挺，方才氣勢高昂的小將也被壓倒數分。他身後的人只佩長刀，穿半身板甲，體格皆百中挑一，態勢不怒自威，靜待時宛若雕像，右手全握在刀柄，似要隨時準備作戰。

相較之下，鐵娘子的護衛倒顯得浮躁了。不過官兵跟海賊不能相比，兩者構成分子便相去甚遠。

這支軍隊無疑是精銳之師。鐵娘子提到八閩水師總帶一絲不安，其他海賊更藏不住畏懼，親眼見識到了，寒櫻才能體會那些海賊的恐懼從何而來。

「逃走多少？」

「稟指揮使，降伏三十，在逃八十有餘。」小將恭敬地說。

「鐵娘子何在？」

「不見蹤影。」

將官頷首，揮退小將，指著公治乘說：「你，過來，幫我跟蕃人說，本指揮使需要他們引路。」

寒櫻等人並不知道指揮使是何等人物，只是他的態度相當不友善，與其說跋扈，簡直到了倨傲的地步。

「是，這些大龜文人懂官話，無須草民翻譯。」公治乘身為龍國人，自然知道指揮使是大官，不敢馬虎。

「大龜文……傳說的仙鄉，看起來與人間並無不同。」

「是。」公治乘的視線拋向固以，趁勢介紹道：「此乃大龜文之主，固以。」

「在下任碩，很抱歉在此地倉皇相見，我奉皇命捉拿賊首鐵娘子，還望多加協助。」

那海賊喊道：「大頭目您可不能出賣鐵大姊，這任老賊不是好東西——」

「誰讓你多嘴？」小將衝上前賞了一掌，打斷他的牙齒。

「任指揮使，這裡是我們族人代代守護之地，我們有權利決定協不協助。」

「這小妮子是誰？」任碩問公治乘，似乎已將他當成通譯。

不需公治乘介紹，寒櫻盯著任碩的眼睛說：「大龜文首席女巫，寒櫻。」

「照妳的意思，是要包庇這些賊人？」任碩捏著方修剪完的下巴，嚴厲的眼神流過一絲訝異，似乎覺得寒櫻這樣的纖弱女子敢與他頂嘴很稀奇。

「我們的土地自有仲裁，畢竟我們尚未被蒙蔽眼睛，能分出好壞。」

「哦？在下不認為這是好意見。不過，無所謂。」任碩冷笑一聲，將被俘的海賊分送上船。固以將濕漉漉的頭髮往後撥，深吸了口氣，短短幾天發生太多事，即便經過許多歷練也無法立刻適應。

「任先生，我能證明鐵夫人在我們的土地安分守己。」

「大頭目，你應當稱呼在下為指揮使，不過蕃人無禮非一兩日之事，本指揮使不多計較。」任碩仰望陰雲，再看著固以道：「似乎快下雨了，莫讓朝廷要犯趁雨勢潛逃。」

寒櫻忖這龍國武官未免妄自尊大，擺明沒有選擇，定要大龜文聽命。但大龜文能不甩尼德蘭人，照樣可以驅走龍國人。沒有人能在山裡打贏大龜文。

仍有人涉水上岸，整齊的排成越來越大的陣型。寒櫻想光是那五艘大船就乘有千人不止，這陣仗不須言語，也能看出龍國剿滅海賊的決心。

「好，本指揮使早聽說蕃民性子硬，無所謂，鐵娘子要抓，但不是現在。既然大頭目在此，甚好，省得再跑一趟。來人，請聖旨。」

小將聽命，肅穆地從一個精美小木匣取出一卷黃綢，虔敬地以雙手奉給任碩。

「奉天承運，皇帝詔曰：聞鹿洲仙鄉盛產仙藥，今遣指揮使任碩前往取之，以利聖上龍體安康，國運昌隆，萬民樂業。盼蕃主蕃民全力協助，欽此。」任碩唸完聖旨，卻發現固以文風不動，似乎沒聽明白。

小將見沒人出來接旨，吼道：「聽不懂嗎？聖上要尋長生藥，你們趕緊拿出來，莫耽誤我們指揮使交差。」

「這位大人，我的耳朵能清楚聽見山風跟流水，你說的我全聽明白了，只是你也聽明白，我們這裡沒有什麼長生藥。」

任碩收起聖旨，神色更加冷峻，「來人，東西搬上來。」

一隊士兵抬出大箱子，裡面竟是鹿神的頭骨。

「這是打下那座霧中島的地下洞穴發現的，根據古籍記載，鹿洲生有鹿神，食其血肉可長生不老。」

「在很久以前，確實有山神在我們的土地上奔跑，但那已經是我出生很久以前了，你只是找到山神遺留的骨頭。」固以看見鹿神頭骨時，剎那間臉色大變。

「既然你已經承認鹿神真確存在，本指揮使便不浪費時間，說，活的鹿神在哪？」

「難道你聽不懂嗎？山神很久以前便消失，你再問也問不出東西。」寒櫻激動地說，偷偷瞥向公治乘，這正是她不願意見到的局面。

她懷疑是公治乘放出風聲，藉以牟利。

「有位大人教過本指揮使，沒有問不到的事情，只有不懂問的方法。」任碩抽出長刀，如揮舞令旗，火槍、弩箭、大刀瞬間對準大龜文戰士。

這一動作徹底觸發敵意，不消固以號令，戰士拔出彎刀，睚眥裂目。任碩的士兵多出他們兩倍，在開闊海岸打起來勝算極高，而且大龜文戰士還得顧慮小孩，但大龜文戰士若心橫死戰，任碩也得付出相當代價。

寒櫻已壓不住怒意，倏地一陣暴風颳起沙石，風速之勁幾乎撼動沉甸甸的烏雲。天雲忽變，連偌大福船亦被怒濤拍得搖晃，日月旗飄盪不安。

士兵驚見寒櫻的巫法，驚慌地看向任碩。狂風呼蕭，吹沙如浪，一把灑在士兵眼前，逼得他們放下武器，忙著揩眼睛。任一個久經戰場的人，都看得出此刻情勢優劣，好將領更知進退。

任碩哼了聲，瞇起眼說：「好個邪法，既然已得到你們的答覆，本指揮使便不贅言。今日打完照面，若爾等再不交出鹿神，下次來的就是一整隻艦隊。」

任碩收刀，讓士兵撤回船上。

臨走前，任碩對公冶乘說：「你是個明白人，勸蕃人莫與朝廷作對。」

公冶乘瞄了眼寒櫻，只能惶恐稱是。

八閩水師走後，寒櫻才停止狂風。天色更陰澹。

把小孩子送回家人手上，固以才招集內文社眾長老到公社開會。大龜文面臨比海賊還嚴峻的問題，當長老聽說任碩的無理要求，氣憤地要求固以趕走八閩水師。

但任碩在海上，那裡絕非大龜文戰士能伸展手腳的地方，再說不可能憑肉身抵擋大炮。另個問題是任碩如何找到鹿神骨頭。

「地下洞穴是怎麼回事？拉維多瑪果有那種地方嗎？」固以不解地問。

寒櫻便把紫晶洞的事情一五一十說出來。

長老們首先懷疑公冶乘賣出情報，連盤據多年的海賊都沒發現了，任碩竟能一上島就找到骨頭，怎麼揣測都不合理。

雖然固以很喜歡公冶乘的身手，但公冶乘的身分實在經不起推敲，一個以利為重的保鑣，見到價值不斐的情報豈有不出賣的道理？

「公冶乘去哪了？」固以這才想到回來後一直沒見到人。

「他在幫忙重建被海賊破壞的房子。」寒櫻說。

「大頭目，把他捉起來吧，不能讓外人玷汙滋養我們的山林！」

並無證據證實任碩是從公冶乘那裡得來消息，但八閩水師為何特意挖掘紫晶洞？當日若非她跟公冶乘意外摔落，也無從知曉。

「大頭目，從發現山神骨頭後，他一直跟著我，根本沒有機會傳遞情報。」

「妳身為守護大龜文的女巫，那時候就應該解決這個麻煩，龍國人的嘴關不起來的！」長老嘆道。

寒櫻早為此掙扎許久，但她已跟公冶乘立下咒誓，倘若他說出來早就肚破腸流而死。於是寒櫻說出咒誓的事。

「公冶乘是聰明人，只要他有心，肯定能找到不破壞咒誓而賣出消息的方法。」

寒櫻反駁道：「絕不可能，除非他不要命。」

但他確實是個不要命的人。

寒櫻否認這個想法，雖然他不要命，可他還想留著命回家奉養父母——這時寒櫻卻起另一個念頭，公冶乘掙錢是為家人，那麼只要他家人得到錢，他犧牲自己的命又如何？

再說公冶乘的身體素質本非常人，即便破了咒誓仍有辦法硬撐。想到這一點，寒櫻不禁顫慄，但話說回來，公冶乘的身體倒沒出現狀況，因此不能武斷認定。

思緒太過紊亂，寒櫻索性不說話。

見寒櫻禁聲，長老們對公冶乘的微辭愈加嚴重。

「假使不是公冶乘說的，他仍然危險，畢竟他不是我們的族人，而那個不懷好意的任碩則跟他同種血脈。」固以的意思很明白，得提防公冶乘。

因此固以要眾人稍安勿躁，並把消息傳給各社，加強防禦。他們沒想到解決孤奴後，真正的困境正要開始，無論朗格或任碩，都讓人極為頭疼。值得慶幸的是兩派人在海上齟齬多年，萬一兩方協手，絕對是難以想像的災難。

但也不能因此聯合尼德蘭人，這無疑引狼入室，遭殃的還是大龜文。

最後還是討論以強化防守為主，然後希望公冶乘盡快離開大龜文的範圍。此通令一下，大龜文十二個社跟龍國人村落便會拒絕他進入，不管他在征討孤奴時做出多大貢獻。

「寒櫻，這件事就交予妳辦，另外這次必須請伊拉露門出面。」

寒櫻點頭，默然告退。

出了內王城，寒櫻走到公治乘幫忙搭建的石板屋，見他跟族人有說有笑。

公治乘脫了衣裳，賣力搬著沉重的石板，肌肉因用力而膨脹，使傷疤更為明顯。寒櫻能分辨出哪些是為了她而受的傷，以及第一次替他治療時的傷處，那個差點要他命的大面積創傷早已結痂。

或者說他身上有哪幾個傷不差點讓他送命？在高佛社，在拉維多瑪果，在紫晶洞，在迓仙崖，每個地方皆流過他的血。

「寒櫻姑娘，妳怎麼站在那兒不說話？」

「有些話要對妳說。」

「這氣氛似乎沉重了些。」公治乘笑道。

寒櫻的臉比平時還冰冷，幾乎是僵硬了，但她軀殼下卻是亂湧。寒櫻想了一千個理由替公治乘開脫，卻也想到一千種說詞證明他的罪刑。

「你不是很會讀人心嗎？」

「我們上那邊說去吧。」公治乘穿好衣服，跟著寒櫻到大槐樹下。

內文社不大，消息流通比風吹還快，海灘上的事情已無人不知。鹿神在大龜文人心中象徵自然山林，有極崇高地位，不論牠是否存於世，都不容任碩那種私利的想法。

公冶乘讀懂寒櫻的眼神，以他的機伶，當猜的到大頭目跟長老們如何商議。現下紫晶洞的事只有上面少數人知道，一旦傳開，那麼像方才他跟族人笑語不斷的畫面便成絕響。

因此公冶乘知道時候已到，他沒被綁起來關押已是固以最大的寬容。

「龍國村落會替你準備車，拿完錢就去安鎮港。不要再回來。」

「我應該沒資格說不吧？」公冶乘乾笑，想掩飾與寒櫻之間的尷尬，「我只是想，妳是我的恩人，如果有用的上我的地方，我義不容辭！」

「其實你大可以離去，何必回來？我不是你的恩人，如你所言，我們各取所需，現在你該做的已經做完，最後要做的就是離開我們的森林。」

「寒櫻姑娘，妳是否以為我告訴八闉水師？」看著寒櫻的神情，公冶乘一切了然，他焦急辯解道：「請妳相信我，我真的沒有說，我既承諾妳，怎麼會——」

「龍國人不可盡信，誠信建築在利益，這話是你告訴我的，而且你也是這樣的人。」寒櫻搖搖頭，不再跟公冶乘磨菇，若讓他待著，難保長老們會改變心意。

「是……寒櫻姑娘，我知道我不是善人，但我保證無愧於妳。」公冶乘鬆下笑靨，緊鎖眉頭，卻捨不得將視線偏離寒櫻的眼眸。

寒櫻猛然踹了他一腳，平靜地說：「在我動殺意前滾出這裡。」

「下雨了，好歹也等天氣好點再——」公冶乘的嘴角被寒櫻冷漠的視線抑著，再勾不上一個滑稽的表情。

公治乘躊躇地盯著寒櫻，彷如循著羅盤走的船隻猛然被攪亂航向，星河亦黯，失去指認方向的星芒。

「快滾！」

寒櫻從沒對公治乘表露善意，但這是態度最嚴厲的一次，恐怕也是她最失態的一次，尖昂聲調混雜說不清的衝突。

那孤冷的印象儼然崩碎，變成捉摸不清自己的女孩。殺與不殺已非一念之間，兩個選擇中藏了太多變故，所以讓公治乘滾的越遠，寒櫻才能平復心境。

公治乘深深鞠躬，曳著縷縷哀愁，沒有圓滑的話語、世故的笑顏，僅用一片赤誠向寒櫻道謝。

這一點都不像公治乘，也許在那副苟且、兩面三刀的嘴臉下，還有著寒櫻不明白的樣貌。但這些與寒櫻無關，正如公治乘為其所求汲汲營營，寒櫻必須為族人的山林獵場做出決定。

午後無光，滂沱大雨籠罩內文社，山頭被濃黑雲層吞噬，族人紛紛放下工作窩在家中，他們唱歌、飲酒，日子逍遙愜意，絲毫沒注意到外頭有個人拖著深重的步伐。

公治乘本是山林過客，即便待了些時日，身上終究是海另一端的氣息。離去不過早晚的事，但他眸子裡的雜緒比陰雲還稠，似失去當初執著的期盼。明明能回鄉，心又彷彿再不屬於自己的地方生根，走得難分難捨。

「寒櫻姑娘，別勉強自己，請保重身體。」

寒櫻為了嚇阻任碩，使出超過身體負荷的靈力，對身體造成極大負擔，至少得休養一兩日。她怕族人擔心，因而隻字未提，但公治乘看得很明白，任何細微小事都逃不他老練的眼神。

寒櫻站在屋簷下目送，這是她的責任，說起來是她帶公治乘進入大龜文，理應送他出去。指甲大的雨滴如箭穿透公治乘的衣裳，遠方蒼穹閃爍一片白光，雷聲迴盪山谷，形成巨響。

寒櫻踏出幾步，雨珠打在身上異常的疼，她看著那身落寞背影想說些什麼，還是退了回去，如此分界才正確。

「要走了？」

鐵娘子驀然出現在門口，身旁仍是那位持傘人，臉上沾著塵土，看來相當狼狽，但笑容依舊，身處危難還是保持鎮定。

「自己小心點，八閩水師還會來。」公治乘說。

「我知道，我不是第一次跟他們交手。」

持傘人拿了一支油傘給公治乘。

「這麼大的雨撐把傘比較好。」鐵娘子從公治乘濕淋淋的頭髮間隙瞥見寒櫻，「拿著吧，別讓人擔心。」

公治乘接過傘，向鐵娘子道謝，打傘離去。

寒櫻見事情完了，便往內王城告知固以，鐵娘子跟上來替她執傘，撐傘人則站在一旁。

「我以為妳逃到別的地方去了。」

「海被封住了，出不去。我打算去扶桑找習舍跟佩卓，但需要你們幫忙。」

「反正那些龍國人的目標不是妳。」

「什麼？」

「沒事。」

鹿神的事越少人知道越好，何況寒櫻不打算再提起。

「可惜公治乘不能對八閩水師下手，否則他是個絕佳幫手。」鐵娘子本想以公治乘的本事，或能替大龜文對抗八閩水師，但公治乘說到底是龍國人，還有家人在故鄉，不可能反抗朝廷。

寒櫻只輕哼幾聲，鐵娘子只當她累了，兩人便不開口，默默走至公社。

固以看見鐵娘子平安歸來，鬆了口氣，此時能互助的盟友不多。

入夜後寒櫻毫無食慾，總覺得心裡忐忑，只好把自己關在房內，靜靜冥思，希冀得到心靈平和。

不久前的會議裡，有個長老抱怨寒櫻不該放走公治乘，即便有咒誓，也難保他為財棄命。有的長老說應當毀掉他的喉嚨，甚至是手腳，這樣才能保證他一生不說出祕密。

但八閩水師已經知道鹿神不只是傳說中的神物，而是真實出現在鹿洲大地，更認定現今仍存有活的鹿神。最大的買家正是龍國朝廷，所以公治乘說不說都不重要了。

寒櫻想去迓仙崖走一趟，看看公治乘有有否拿走寶箱，畢竟買賣條件說好的，她可不想欠人。

她打著哈欠，眼睛疲倦地快闔上。這幾天完全沒有睡覺，實在太累了，不只體力耗盡，巫力孱弱的無法感知精靈的訊息。她必須休息。

躺上蓆子沒多久，便沉沉入睡。

她夢見紫晶洞，以及活生生的鹿神，公治乘貪婪大笑，揮起劍插入鹿神腹中，他舔著鹿神血，對寒櫻露出鄙夷的笑臉。無論寒櫻如何使咒，公治乘毫無反應，狂妄的殺光所有鹿神，於是寒櫻化身烈火燒盡公治乘。

「請妳相信我，我真的沒有說，我沒有騙妳——」公治乘哭喊道。

第七章　山神林幻夢

大龜文十八社正走向和平的軌道，沒了孤奴，空氣更加清淨，出門不必提心吊膽。這幾日煉風颼戾，吹不散黏在大氣的濕重感，每日黃昏天邊彷如火燒，熊熊火勢蔓延千里萬里。

公治乘走後第四日，下了一場驟雨，雷電交加，之後天空猩紅的似要擠出血。颱風要來了。此時尼德蘭人、龍國商人消失無蹤，本該聚滿車隊的道路寥寥無人，連八閩水師的船都自海上消失，一時間大龜文彷彿迎來和平盛世，回歸天地最初的安寧。

但誰都知道這些困擾隨時會捲土重來。

內王城開了很長的會議，德高望重的長老與各社頭目皆應邀而來，人數多的快擠滿公社。會議主要討論鹿神問題，以及如何應對尼德蘭人的要求。每逢孤奴出現，便是世代變異的徵兆，而那些異化的超出大龜文想像的孤奴，正好說明為何麻煩事接二連三湧來。

在固以繼任大頭目更久之前，鹿神仍隨處可見的年代，龍國人便乘船踏破黑水溝，葬生多人後，終於取得航路，一部分人出現在寂靜的海岸線。扶桑人、佛朗機人、尼德蘭人隨後抵達，鹿洲進入大規模貿易、征戰，甚至把原本安居樂業的部族也捲進去。這些紛擾世代過去，大龜文依然是大龜文，一邊維持山林的和諧，一邊控制與外族的交流。

固以的祖先一次次解決隨動亂而生的孤奴，一次次帶領族人邁向繁榮。不過所有長老跟頭目都承認，這是以往未有的嚴峻挑戰，在可預見的未來內衝突只會更頻繁，影響更大。

身為首席女巫，寒櫻發表了看法：「龍國人跟尼德蘭人的野心將不停膨脹，直到榨乾我們土地最後一絲力量，我認為應該聯合斯卡羅，以及其他願意守護家園的部族。」

「朗格那傢伙回安鎮港前還襲擊斯卡羅，搶了不少物資，雖然他很討厭，但得感謝他送給我們盟友。」

「這下斯卡羅人應該清醒了。」

長老們贊同寒櫻聯盟抗敵的做法，且不說斯卡羅人遭到背叛，光是任碩想染指鹿神，就足以讓兩方放下仇恨，一齊對抗玷汙神靈之人。

只是氐里社的頭目不悅道：「構想很好，但必須有能讓我們放心的人選去辦。」

紫晶洞的事無可避免流傳各社，眾人很詫異寒櫻竟犯下如此錯誤，任何有意窺伺鹿神者都應該想辦法驅離，更何況公冶乘還親眼看見鹿神骨頭。加上之後一連串事件，寒櫻被迫承擔部分責任，但她也認為自己確實難辭其咎，因此當大家風言風語，她擺出一貫的表情，心裡所想卻遠比臉上複雜。

「嗯，我會安排。」固以不安地瞥向寒櫻，他明白是寒櫻表面不說，內心極為自責的人，於是岔開話題，道：「最近馬兜道人擅闖我們的獵場，馬兜道各社一向跟尼德蘭人交好，恐怕跟朗格有關係。」

「從他們拿會發出臭味的武器就知道啦！」氏里社頭目說。

不滿的情緒儼然到頂點。雖遭到非難，寒櫻的臉色與平時無太大差異，再怎麼說，身為首席女巫必須有極強的受挫能力，儘管內心波折，也不能輕易顯露。

午後雨勢嘎然而止，到處漾著潮濕的氣味，內文社較低的地方全成了小水窪，天真無邪的小孩子成群踩水玩。風又緩又重，人彷彿膠在泥濘，此時寒櫻正趕赴迓仙崖。

這是固以的意思，因此次牽扯到鹿神，他希望退隱的伊拉露門出面。

現在寒櫻被眾頭目聯合排拒，短期內無法從事其他事務，這任務自然而然交給她。

小乖跟烏塔克在迓仙崖前搭棚子，烏塔克已經借住於此有段時日，但他倒是玩得很開心，不急著回斯卡羅。不過伊拉露門有託人捎口信告知此事。

看見寒櫻來了，他親暱的叫了聲姊姊，旁人若不知，會以為兩人真是關係倆好的姊弟，但他們可是來自世仇群體。

更何況斯卡羅現今的慘狀有一半是寒櫻造成的。烏塔克對自己族人的遭遇也略知一二，卻沒表示想回去，伊拉露門還開玩笑道：「這小子恐怕想賴我教他東西，好向妳報仇。」

倘若如此，寒櫻自不埋怨。

向烏塔克跟小乖投個微笑，方踏進洞內便聞到熟悉的菸草，來自遠洋的刺辣熏味。每隔一段時間，海賊或龍國商人會分別進獻菸絲，因迓仙崖位置好，面向航路又靠著必經商道，這兩類人便送禮求平安。

「我還在想妳什麼時候來。」伊拉露門背對寒櫻，聽見了細弱的嘆息聲，「會議說了不少事吧。」

寒櫻用氣音嗯了一聲，接著快速審視洞內情況，壓在角落的三個箱子不見了，整體空間隨之變大。少了一種氣息，多一分恬靜。伊拉露門抽完菸，悠悠說著公冶乘如何自己造車，拖走寶箱，話別後便向北方離去。

「果然。」

這說明公冶乘仍然正常，稍稍減輕寒櫻的心理負擔。怕是那傢伙連這層都算到了，唯有他表現如往常，寒櫻才能寬心。

接著她送烏塔克回去，烏塔克跟小乖已締結深厚友誼，分別時離情依依。但人總是要回歸所屬之地，於是寒櫻變幻成風，毫不棧留送還烏塔克，再迅速回來。一路毫無干擾，安寧的相當詭譎。

開始下起毛線般的細雨。

一次走掉兩個人，迓仙崖一下子恢復以往，如從前她跟伊拉露門對望而不語。寒櫻很沉默，幾乎不發出氣息，靜得像是只有伊拉露門。寒櫻從來都不是聒噪的人，她這模樣才是旁人眼裡的正常，族人都說她是最沉靜的女巫，正因如此才擁有如斯強大的力量。

「妳看起來很落寞。」通常都是伊拉露門先開口，這次也不例外，她明亮的雙眼已經看護寒櫻二十個年頭，她能看見旁人察覺不到的些微變化。儘管寒櫻極力掩藏。「如果說他一直是想藉此討好別人，我得承認他做的很棒，相當徹底，連最後一刻也不忘哄我開心。我開始想念他點菸的方式了。」

「他已經不是大龜文的朋友。」提到公治乘，寒櫻忍不住開口。

「那傢伙從來不是誰的朋友啊，他為自己而戰，為自己而活，但我認為他隱藏的更多，也許比妳還多呢。」伊拉露門莞爾道。

寒櫻可不想被拿來跟公治乘比，她跟那種苟且偷生的人完全不同，一個她從頭至尾都討厭的人。這絕不是違心話，公治乘害她做出有損族人利益的事，她已是萬分自責，頭一次如此深悔。

伊拉露門望著洞外綿綿細雨，說：「人的面向很多，有的人內心寂寞，卻喜歡裝得熱熱鬧鬧，只要安靜下來便無法忍受。當山風林風向他召喚，他聽不見，對他而言並非大自然的美妙歌曲，僅是四周無人的可怕情境。」

寒櫻凝視山壁，默然點頭，然後又搖頭。

她瞥見山壁上暗沉的血跡，那是公治乘捨身救她的印記，彷彿說著寒櫻還欠了誰。不對，那只是公治乘奉還的，一人一命，天公地道。

「那傢伙，離開前還問了一個問題，想聽嗎？」

「我不想再與他有瓜葛。」

「妳會感興趣的。」

「是嗎？」

也不管寒櫻意願如何，伊拉露門便說：「他問是否真的有神仙來過這裡。」

「神仙……」

「長生不老，法力無邊。妳聽出什麼了？」

「山神肉？」

「妳該問他提出問題時，身體有什麼反應。」

「對。」寒櫻恍然失色，隨即正容道：「那傢伙怎麼了？」

「什麼事也沒有。但我不認為他心裡沒想到山神。很可能他轉化了念頭，但任何有關的想法都會牽動咒誓，他卻完全無事。要說他心念單純，真的只想問迓仙崖的緣由，這片蒼海乾枯了我也不相信。」

我也是。寒櫻暗忖，接著覺得更煩躁。豈不就表示放過公冶乘是很愚蠢的行為。

「寒櫻，妳當初起咒誓，是以他若動了獵取山神肉的邪念會死，還是他因自己的私利動念才發作？」

「都有，我將所有可能的情況輸入咒誓中，不管他自己要，還是賣給別人都一樣。」

「我想到一個有趣的畫面，他忍著劇痛把消息賣出去，將財物托給家鄉親人，自己葬生無名之地。」伊拉露門說到這裡不禁莞爾，「依他的性格很有可能這麼做。」

寒櫻早想過了。但公冶乘還能賣給誰？現在掌握這消息的最大買家正是任碩，龍國朝廷欽命的大官，放眼望去有誰能與之競爭？寒櫻排除尼德蘭人，畢竟他們得到這消息，也只能賣給龍國人。

換句話說，公冶乘很大機率正在安鎮港候船回鄉。只是颱風要來了，基本上沒有船長有勇氣在浪湧風劇的時候穿越黑水溝。

「不管如何，他對山神有著極大興趣，只是他的念頭卻超乎妳立下的咒誓，肯定很微妙，不扯上利益……但很難讓人相信。」

寒櫻寧願相信是他身體內的強大力量造成的。

「固以要妳來也是為同樣的事吧。」

寒櫻不懷疑伊拉露門為何知道。

「只有妳能撫平他們的不安。未知是恐懼的來源，如同疫病慢慢摧毀整個部落。」

「我知道了。」伊拉露門掃起一堆枯枝，搬出一個陶製大甕，擦去沉積已久的灰塵。灰疊了一個指頭厚，證明被收藏了許久歲月，揩掉髒污後甕身出現鮮明活躍的蛇紋。

伊拉露門將甕架起來，並要寒櫻幫忙生火。生好火，丟入一些草，緩慢而規律的唱著似咒語似歌謠的調子，沒多久甕中噴出青煙，僅僅一剎那，青煙快速分解消失，空氣裡出現比糖還香甜的甘味，聞著還讓人有些醺。

寒櫻只見過這儀式幾次，她自己是沒做過，但每次伊拉露門做完後都直喊很累，下次不願再來。最近一次，至少隔了十年。

材料有紅山頭跟綠繡眼的羽毛，目的是看見更清晰的預兆。本來伊拉露門已經不想這麼做，可是事關最崇敬的鹿神，她再不情願也得幫忙。

寒櫻盤腿坐在甕前，四周遽然變暗，這並非陰雨，而是儀式正開始。她閉上眼，耳裡環繞伊拉露門的咒語，關於祖靈、神靈、精靈，關於山、關於水、關於蒼穹土地。

當寒櫻打開雙眼，只看見渾沌而色彩明豔的世界，所有影像重疊而扭曲，沒有空間跟方向，伊拉露門的聲音時近時遠，又夾雜不同的竊竊私語的聲音。

離靈更近了。

寒櫻伸出手，竟然可以抓住詭異的顏色，它們是氣也是液，說不出具體狀態，也無實際樣貌。如同巨木的巨人從她頭上跨過，每一步踩下去卻寂然無聲，彷若騰空而行。

她起身，尋找她想看見的。

似乎有個矮小的身影拿著一顆黑珠子，在瓢壺上畫圈，她聽見琉璃珠子劃過木瓢的摩擦聲。她沒說話，那抹身影已懂她的來意。

身影突然停下動作，揮舞著變形的指頭，那身影的色澤也在不斷改變。放眼望去唯一清楚不變的只有那顆黑珠子。

寒櫻知道身影的意思，這裡藏不住任何思緒，所有意念如流動的水暢行無阻。身影驀然散去，化成一個看來粗糙、凸起稜角的模糊物體，裡面映出寒櫻想見到的預兆。

畫面飛快飄過，一個接一個毫不停息，她看見自己哀號，公冶乘同樣哀號，一股瞿然悄悄蔓延，完美重複在迓仙崖經歷生死的夜晚。

公冶乘流著血跪在她面前，分不清血或淚，比任一次都難受，鹿神伸長頭顱咬斷他的脖子，突然張開大口灑出腥血，灌在寒櫻身上。血太真實，或者這才是真實。

寒櫻抓緊手臂，怯弱如鼠，看著睜大眼睛的鹿神，鹿神憤怒大吼，並用利齒撕裂公冶乘的殘軀，血若噴泉爆發，淹到寒櫻腳踝。寒櫻覺得身體麻木了，腳無法動，她知道鹿神生氣了，因為她違背了族人。

寒櫻往後倒下，有個人緊緊抱住她，是伊拉露門，她已經回到迓仙崖。甕中東西燒成焦炭，裊裊飄煙。

伊拉露門虛弱地問：「看見了嗎？」

「不好的東西。」寒櫻發顫道。

「嗯，去山神林，山神也許有話要告訴我們。」伊拉露門也感受到寒櫻的顫意。

小乖嘶嘶進來，蜷成一大圈，蛇鱗因天氣變得寒冷。伊拉露門點起火，坐在火邊取暖。她們都需要休息。

颱風呼呼的吹，帶著吼聲灌進山洞，讓迓仙崖多少有點聲響，才不顯冷寂。火堆從早到晚沒停過，這得感謝烏塔克撿了一大堆乾木材。相較外面的風雨，洞內溫暖乾燥，猶如溫柔的懷抱，這天候實在讓人打不起勁出門。

寒櫻默默披上冬衣，和伊拉露門前往山神林，那是個不許任何人靠近的禁忌之地。若沒必要，伊拉露門也不會去。

這樣的天氣，所有路都被阻隔，每個人都在家裡等待颱風離開，最愛賺錢的商人亦然。伊拉露門走到風雨裡，在巨大的自然變化面前她只是渺小存在，雨雲厚得像是要跟海面結合。

伊拉露門想起昨晚的對話。

大概是伊拉露門提到教她呼吸吐納法的龍國道人，寒櫻順勢問道：「所以，這裡真的有神仙？」

「妳也受到公冶乘的影響了。」這不是疑問句，寒櫻也沒否認，於是伊拉露門說：「我不知道有沒有，但我認識一個像神仙的人，但他已經死了。不過人要先死，才能成神仙。我也不曉得他現在是什麼。」

寒櫻對神或仙都沒興趣，她亦不懂長生的魅力何在。

「我們不需要長生不老，那有什麼意義，人與自然和睦不正是長生不老。」寒櫻說出她的看法，若公冶乘在，應該會引來一陣唇槍舌戰。但辯論不會有結果，兩個南轅北轍的腦袋如何達成共識？

「對，可是有的人不明白。不，也許在他們看來，我們才什麼都不明白。」

正如同洞悉世務的她不曉得公冶乘的想法，也許在他多變的臉孔下有顆極為單純的心。

對話後來說到寒櫻小時候的事，但寒櫻素來不講那些回憶，特別是有關父母。她出生後受祖靈選召，被送到伊拉露門家學習巫術，沒幾年父母卻遭逢變故，父親是與海賊發生爭執被殺，母親則病死，因此寒櫻跟雙親的連結很淡，淡到有時會忘記他們的面貌。

寒櫻透過祖靈知道父母的靈安然回到聖山，她未有復仇之心，不是因為族人已替她報仇，而是親情淡薄若絲，近幾於無。父母的逝去與跟各種原因而亡的族人一樣，那是她的族人，她緊緊相繫的血脈，僅此而已。

她會難過，當然任一個族人離世都她會的，卻非哀慟血濃於水的情感。

伊拉露門最知道她的情況，只說：「妳有上天賜予的真心。」

然後聲音隨著夜沉靜，越來越大的風雨取而代之。

無數失眠的夜晚，經歷儀式洗禮後身體格外輕鬆，寒櫻終於能喘口氣，度過沒有噩夢的睡眠。

「可以了。」

寒櫻走出山洞，提著捆起來的草堆。

伊拉露門這時掛上一顆黑珠子，張開雙臂，喚念風靈，唯有風靈能將人送到禁忌的山神林。山神林是個存在又不存在的地方，任何人都能走到，卻也走不到；能知道方向，但永遠無法窺伺其中。

因此大家都把鹿神當成傳說，生長於此的人們也是如此，但只有這片山林的人能感受到鹿神活動的氣息，祂無所不在。
風來了，伊拉露門跟寒櫻化風飛去，尋找天與地的相合點。
萬物依時而變，唯伊拉露門頸前的黑珠子永恆不動。
她們飛越高聳絕嶺，來到遠古而參天的巨木森林，每一棵樹都如天地之柱，樹冠深入雲霄。巨大密集的樹葉遮蔽大雨，風循著縫隙吹拂底部，帶來一絲清涼。因為亙古以來無光，地面長滿濕滑的青苔，此地靈力強烈，每個物種都飽含智慧，遠超乎人類想像。
無光並非黑暗，樹皮發出璀璨螢光，這些光來自無數蕈蚊，照亮腳下清澈小溪，以及前方的路。森林盎然，欣欣向榮，強大的靈洗滌從人類世界帶來的汙穢。寒櫻深深吸了口氣，淨化抑鬱的心。
寒櫻摸著公冶乘贈與的孔雀珠，經過雨水沖刷發出清澈透亮的光芒，普通的珠子達不到這麼美的效果。
這裡見不到日月星辰，所有偵測方位的工具也派不上用場。伊拉露門靠黑珠子連結地脈靈動，得知要走哪條路。
寒櫻來過這裡一次，但她忘了來幹什麼，那時候太小，只記得這裡樹木如山崔嵬，她跟伊拉露門簡直成了小螻蟻。現在她依然有這種感覺。
一群毛皮柔順的梅花鹿來到溪邊飲水，牠們不怕人，只把兩人當成一種普通生物。山羌、長鬃山羊的蹤跡隨時可見，牠們在螢光照耀下宛如煙畫，似乎觸碰一下就會揮散。

人在此不需有特別的優越感，也僅是森林裡一個物種。

踩進沁涼溪水，皆能感受其蘊含的靈力，這裡太適合巫人。

「有聲音。」寒櫻注意到窸窣聲。

「可能是黑熊。」

梅花鹿跟山羌悠悠離去，巨木裡緩緩走出一隻黑熊，敏銳地盯著她們。黑熊身材如孤奴龐大，動作很輕，踏進溪中沒有濺起水花。

「我聞到人類的氣味，好久沒聞到了。」

「好久不見了，楚邁。」伊拉露門和藹笑道。

「這是哪裡來的老婆子，我以為妳早跟著祖先回聖山了。」楚邁挺起身子，變得更大。

「跟你比起來，我還是小女孩呢。」伊拉露門說：「你不考慮坐著嗎，仰著脖子好痠。」

楚邁呵呵地笑，盤腿坐著，看向寒櫻，說：「好強的靈力，這是哪裡來的小女孩？」

「你見過的。」

「寒櫻？天啊，已經變得這麼漂亮。」

「歲月不斷流轉。」伊拉露門笑道，擠起嘴邊皺紋。

「要小心了，小女孩，妳旁邊的老婆子六十年前也跟妳一樣漂亮。」

寒櫻想起那時來山神林確實見過楚邁，牠完全沒變。但楚邁已經三百五十歲。

「你不歡迎我們來？」伊拉露門從楚邁的語氣中聽出一絲不悅。

「轟轟轟，一直轟轟轟，從海到山都聽得見，人類越來越自傲了。」楚邁看了看四周，「我以為是討厭的人類終於闖進來這個禁忌森林。」

「如果有這樣的人，肯定很厲害。」

一般人甭說要走到山神林，進來了也完全找不到方向，無疑尋死。

「人類的慾望難以預料。」楚邁寒暄夠了，問：「妳到這裡有什麼事？」

「知道那些火炮聲代表什麼嗎？」伊拉露門停頓著，等楚邁回答，不過楚邁打了個哈欠，不想回應。她聳聳肩，說：「人類盯上山神的肉。」

「哦，真是討厭。」楚邁鄙夷道。

「雖然他們找不到這裡，但我們的族人卻飽受威脅。我造訪山神林，希望山神提供智慧，告訴我們該如何做。」

「我以為妳的力量足夠抵禦他們的貪婪。」楚邁雙手抱胸，低鳴道：「很久以前，妳也為這種事來過吧？」

「我只是個即將老死的人，上次用個幻夢儀式就疲憊不堪了。」伊拉露門沒有正面回答楚邁的問題，她拋個眼神給寒櫻。

「在幻夢裡，我看見山神召喚，牠有話要告知我們。」

「雖然我不確定山神會說告訴你們什麼，但讓帶妳們也無妨，上來吧。」楚邁搔著下巴，接續剛才的問題，「應該是五十年前，對吧？妳跟一個男人來過，他頭髮很長，穿著青色的衣袍，而且靈力非凡。小姑娘，這麼說雖然不好意思，但他可擁有超越妳百倍以上的力量。」

「你的記憶力真好，」伊拉露門明顯想斷掉這個話題，便敷衍道：「他已經死了，說是羽化什麼的，反正就是死了。」

「魂歸天地。他不是要成為神仙嗎？」

「如果他成為神仙，也該來探探老朋友。」

「哈哈哈，人類都想長生，可是長生不老還算是人嗎？」楚邁大笑，那雙黑溜溜的大眼陷入回憶，「其實我挺喜歡那個人，至少他不貪婪，很少有這樣的人吧。」

寒櫻忖他們說的男人，就是伊拉露門有時會提到的龍國道人，似也在追尋求仙之道。卻沒想到伊拉露門竟帶過外人來山神林。

「回憶到此為止，我們還有更重要的事要做呢。」伊拉露門打斷道。

楚邁莞爾，伏下身體讓兩人坐上去。

這時寒櫻似乎明白為何伊拉露門要把巴諾乎斯納改稱為迓仙崖，可能就是為了等那位龍國道人。不過伊拉露門示意寒櫻別多問，好繼續封藏五十年前的記憶。

寒櫻本來就不是好奇的人，她只想專注保護族人跟鹿神。

楚邁帶她們走了一段遠路，進入一處石窟，石窟內也有無數蕈蚊照亮，石窟頂很高，能讓楚邁直立行走也沒問題。

那些發著微光的蕈蚊聚在寒櫻的孔雀珠環上，輝映著幻麗的色彩。

很美。寒櫻挺滿意這顏色，可惜離開後便保存不了。

一路上楚邁頻頻回頭，伊拉露門便問：「你怎麼心神不寧？」

「沒事，總覺得心裡不踏實。可能從聽見轟轟聲就這樣了。」

「山神有告訴你什麼嗎？」

「沒有。」

穿過石窟，水氣撲面而來，平靜的湖泊發出幽藍螢光，四周爬滿大藤蔓。亮光猶如繁星點點，連結成水面上的銀河，無數綠絲垂下深入水中，閃爍飄揚。這裡是山神林的底部，那些綠絲正是巨木的地下鬚根。

寒櫻正忖度如何渡過湖泊，楚邁毫不猶豫跨上湖面，竟沒沉下去，腳步穩穩踏在水上，不起漣漪。仔細瞧那些綠絲只是在水面上飄動，吸取水氣。

走至湖心，卻見到一個白面紅唇的年輕人，襲一身白衣坐著垂釣，拿的僅是一根木枝繫著線，但他的線卻可以透進水裡。

「山神說妳們快到了，所以我在這兒等。」白衣少年說。

他的聲音如飄逸綠絲，彷彿不是從嘴巴裡發出來。

白衣少年丟下木枝，木枝沒個聲響便沒入水底。

伊拉露門跟楚邁向他點頭，走沒多久便到岸上。白衣少年冒出一陣煙，變成杳長的百步王蛇，吐著蛇信說：「請進。」

一道火光燃起，接著十道，一百道，取代幽微藍光。通明燈火照出一片綠茵，數隻龐大的鹿慢條斯理啃著青草，吃完一撮，草又立刻生長。鹿神有厚厚的長鬃披著皮膚，亮金色的角如葉理往兩旁輻射，像是沉重的金葉子。牠們的體型比楚邁還大許多，動作很緩慢，幾乎不太移動。

寒櫻只有透過靈視見過鹿神，這次才清楚看見牠們的臉，除了臉紅通通的，與梅花鹿沒什麼不同。跟寒櫻在幻夢裡看見的可怕形象相去甚遠。

鹿神們對伊拉露門等人的到來沒有反應，百步王蛇則領眾人繼續往前走，停在一棵碩長而繁花盛開的苦楝樹前，白中帶紫的花朵翩翩舞落，在地上鋪成一席軟毯。花一落下，枝頭很快又生出新芽，頃刻便長出花苞。

樹旁立著一隻老邁的鹿神，鬃毛色澤較前面的鹿神黯淡，臉部呈赭紅色，一雙角更大的驚人。聽見腳步聲徐來，牠抬起頭。

百步王蛇伸出手要他們止步，自己則站到老鹿神面前。

這些場景楚邁跟伊拉露門都熟悉，對寒櫻而言非常新奇。

「我將要死了。」百步王蛇突然開口。

鹿神用心念傳達意思，但那遠超出他們能接收的範圍，因此由古老的百步王蛇當作鹿神的發言者。

「智慧崇高的山神，您為何如此說？」伊拉露門恭敬地問。

「我的年壽已近，萬物經歷生死，此消彼長，才能達成平衡。」

「山神，幻夢指引我來找您，能告訴我應該如何保護您，以及我最愛的族人。」寒櫻說。

「不祥，不祥之氣，預兆成真了。你們的到來，正好是我命殞之時。」

「難道這是不可抗拒的命運？也就是說大龜文跟您都難逃災禍？」

「宿命……先生而死，死而後生。」

寒櫻可不是跋涉來聽悲觀論調，她希望鹿神給予更明確的指示，伊拉露門知道寒櫻急了，一把按住她的手安撫，說：「若連您崇高的智慧都無法解決，我們應當如何面對如此嚴峻的挑戰？」

「在不久的未來，妳可已經歷死而造新生，在更久遠的未來，此宿命會再次重複。」鹿神看著寒櫻。

「我？」寒櫻的眉頭都要擠成小山丘了，鹿神都做不到，靠她一個能怎麼辦。

百步王蛇突然發出大叫，「來了，我的死亡會帶給萬物新生。」

楚邁機警的轉過身，朝湖畔怒吼：「是誰！給我滾出來，此地非你們能隨意進入！」

伊拉露門跟寒櫻也感覺到了，空中瀰漫不懷好意的氣息，貪婪、殘暴種種汙穢流動。這氣勢太熟悉，充滿絕對壓迫。

整齊劃一的步伐踏進草原，出現一隊隊光鮮明亮的鎧甲，跋扈的小將手握黃絹聖旨，捲開洪聲唸道：「奉天承運，皇帝詔曰：聞鹿洲仙鄉盛產仙藥，今遣指揮使任碩前往取之，以利聖上龍體安康，國運昌隆，萬民樂業。盼蕃主蕃民全力協助，欽此。」

一模一樣的話語，不同的是這些人想要的仙藥就在垂手可得之處。

小將收起聖旨，嘆道：「這就是傳聞的鹿神……果然不同凡響，肯定是仙藥。」

「你們這些狂徒，這裡是禁忌森林，誰準你們玷汙此地！」楚邁伸出利爪，憤怒地說。

小將揮手，兩隊火槍全瞄在楚邁的頭。

他們是怎麼進來的？寒櫻疑惑地看著八閩水師，普通人怎麼可能走到山神林，就算到了，沒有伊拉露門的黑珠子怎麼找的到這個地下洞穴。

「此次尋仙藥，仰賴兩位蕃人帶路，等本指揮使回朝，必如實秉奏聖上，好生褒獎。」任碩不疾不徐走來，滿意地看著寒櫻跟伊拉露門。

「恐怕是帶進死路了。」伊拉露門手心向上，青草迅速生長，盤住士兵的腳。

士兵驚慌的用槍桿扯去草藤，小將唰一聲拔出刀來，「妳這妖人還不束手就擒！」

「小夥子，憑你這點人手恐怕對付不了一個老婆子。」伊拉露門哼氣，一陣疾風狂捲，軋倒那些人高馬大的士兵。

小將插刀在地，一手遮住眼，挺住疾風掃蕩。

「為了鹿神的肉，這趟路我一共折損四十個弟兄，要我空手而回？」任碩卻紋風不動，壯碩的身軀扛著風壓緩緩前行，「我北抗韃靼，東禦扶桑，南剿海寇，一生戎馬四十載，不敢有負於聖上。取仙藥，乃為我龍國萬民之福，無論妳是誰，擋我者皆成亡魂。」

任碩快速抽刀，鋒刃直抵伊拉露門頸前，這身手完全不亞於公冶乘。楚邁雙爪撲下，任碩伸出左臂格擋，任利爪深插入肉，血漸橫滴，刀仍對著伊拉露門。

伊拉露門停下風勢，任碩隨之收刀，身子猛力推開楚邁。

「哼，有點能耐，難怪這麼猖狂。」

「厲害，若非這身硬甲，這臂早廢了。」

任碩卸下左手護甲，露出十指血痕，小將立刻拿了一條布替他包紮。

「龍國人，縱然你身手不凡，還是別硬逞強的好，否則我會直接把你捲回龍國。」伊拉露門陰沉地說。

「本指揮使相信妳有這個能力，不過請先看過這東西再做定奪。」任碩搖了搖指頭。

後邊兩名士卒扛著滿身血汙的公冶乘，把他拋在地上。公冶乘被揍得鼻青臉腫，奄奄一息。

「此人身中鴆毒，加上跋涉至此，雖身強體壯，亦撐不了多久。現在只有妳們能救他。」

「他是你的族人，跟我有什麼關係？」

「問的好，跟妳無關，卻跟他有關。」任碩盯著寒櫻。

「我們的協定已經結束，他死在你手上，與我何干？」

「是嗎？」任碩狠踩公冶乘的手臂，「本指揮使可不這麼認為。」

公冶乘發出哀號，噴出黑血，哀憐地凝視寒櫻，一切彷彿回到寒櫻對斯卡羅人下詛咒那天，一個重傷將死的龍國人爬著求她救命。那雙瀕死的眼神仍有一絲微弱的求生意志，牢牢的懇求寒櫻再救一命。

寒櫻心頭的紊亂衝破堅壁，決堤般沖垮心裡每一吋，腦子被麻亂的情緒割得零碎，猛然間無法應對。不停回想公冶乘如何討好，如何在危難之時救她，但鹿神跟公冶乘孰輕孰重，一目瞭然，何須苦苦做抉擇？

「你們自相殘殺是你們的事情，現在全滾出去。」楚邁吼道，沾血的爪子也感染牠的怒意。任碩不理會楚邁，繼續道：「再者，八閩水師剩餘的人，妳認為他們上哪去。」

「內文社……」

「聽說那裡有座黃金城，搜刮下來應當價值連城。」任碩掃視寒櫻跟伊拉露門，「那些木牆能抵禦幾發炮轟？那些人有幾條命供妳們慢慢思考？」

伊拉露門不得不動搖。雖然大龜文戰士勇猛，但硬拚絕對傷亡慘重。

「你若意圖動搖森林之根，天會降下疫病摧毀你們。」伊拉露門試著陳述利弊：「你強攻大龜文，也得損失不少人，如此回去，你們的王作何感想？」

「哼，就是送上整支艦隊，本指揮使也要取得仙藥。」任碩這次重踩公冶乘的背，「妳們有雅興慢來，本指揮使陪妳們，但屯在黃金城外的將士可能就等不及了。」

見楚邁欲動手，伊拉露門連忙制止，事情已經牽扯到整個大龜文，絕不能輕舉妄動。

站在楚邁的立場，絕對以保護鹿神為優先考量，但伊拉露門和寒櫻必須考慮大龜文，將傷害減到最低。更何況寒櫻擔憂的事情不只大龜文。

忽然燈火熄滅，草原黯然，一陣嘶嘶聲游移。小將大喊點火炬，但楚邁跟伊拉露門反應極快，溘然驟風猛襲，翻倒慌亂的士卒。

任碩冷靜的與楚邁交戰，並指揮士兵排成陣型，火槍射出的彈痕短暫照亮草原，隨即湮滅。

第八章　煉風

「停下！」任碩大喊道。

士卒們停止射擊，高舉火炬，重新照亮草原。鹿神跟百步王蛇消失了，任碩跳到楚邁身上，用力朝後腦杓重擊，楚邁一陣暈眩，差點站不穩。任碩趁機撞倒楚邁，機警的士卒立刻上前壓制牠。

伊拉露門發出嘆息，「這裡不容濺血。」

任碩往地下一瞄，發現方才血滴落之處青草瞬間枯萎，如火焚後形成焦炭。

「吼——」楚邁甩開拿著繩子的士卒，大展雙臂環住任碩。

「如果再不交出仙藥，血將流如滄海。」任碩反手一刀，只聽見鏗鏘一響，楚邁胸前滲出一大片血，痛苦地往後跌坐。士卒再次一擁而上縛綁。

「唔。」伊拉露門承認任碩很厲害，的確得更專注對付，只是山神林不好發揮實力，若把這裡搞得坑坑洞洞，豈不破壞鹿神的安寧。

「小姑娘真會挑機會。」任碩甩去血溝裡的鮮血。

寒櫻趁剛才的混戰救回公治乘，正在實施治療，吐出的血讓草地黑了一大片。此時寒櫻不顧任碩或伊拉露門用什麼眼光看待，心裡有股執念告訴她必須拯救公治乘。

說起來公治乘算是間接受牽連，否則他早攜著財寶回鄉，因此寒櫻救他情有可原。

「也就是說現在只要討論內文社就好了吧。」伊拉露門雖然救不救公治乘沒太大想法，但如此寒櫻便能專心一同對抗任碩。她態度堅決道：「山神是我們的根柢，絕不容你侵犯。」

「若言語能解決，實在不必動武，但看來沒有一些犧牲是拿不到手了。」任碩發下最後通牒，似乎方才只是小試身手。他嚴峻的表情內暗流波湧，但不動聲色，小心翼翼掌控情緒波流。

他也在等。

伊拉露門亦是。

他們因為不同的理由，無法大展手腳，形成消磨耐心的對峙場面。寒櫻跟公治乘則像已脫離這場爭鬥，鴆毒已經散到五臟六腑，公治乘不只吐黑血，還夾雜難聞的青液，每吐一次他的生命力便大力損耗。

本來傷便未痊癒，又遭摧殘，鐵打的身體也經不起如此折磨。從公治乘的臉色、脈搏、呼吸判斷，已經回天乏術。

寒櫻仍想辦法逼出殘毒。

「做個合算的交易吧？」任碩說。

「用山神的行蹤換他的命，這對我來說一點都不划算。」伊拉露門緩緩看向楚邁，以及那些士卒，威嚴的加重聲量道：「我跟你們這些善於計算地龍國人不同，喜歡更單純的方法，山神絕對不能落到你手上。」

「啊——」

青草忽然化成青筋暴路的手臂，嘶鳴著捉住士卒的腳，楚邁見機掙脫粗繩，展開臂膀撞飛驚慌失措的士卒。

後面的士卒立即舉槍瞄準，伊拉露門發出狂風將他們拋上半空，但第二排扣下扳機，子彈擦過伊拉露門的肩、腿。任碩跟小將分頭夾擊，卻被一股強風擋回去，楚邁怒吼一把揪住小將，把他牢牢壓在地上。

任碩冷靜指調剩餘士卒，他卻忽略了寒櫻。一道火焰如蛇盤曲，任碩閃避不及，被火舌吞入腹中，任碩揮起披風，翻到地上撲熄火勢。伊拉露門抽出彎刀，架在任碩脖子上。

這下情勢全然逆轉。

「哼，妳比我還懂計算。」突然的火將任碩燒得一臉燻黑、狼狽不堪。

「這是我們最擅長的方式。」伊拉露門稱讚道：「你閃得很快，否則就變成美味的烤肉了。」

首領既被制住，底下人當然不敢再動，紛紛卸掉武器，靜待其變。

「現在話語權轉到我手上，全滾回海上，回去你們的國家。」伊拉露門滿意地說。

「士可殺不可辱，就是斷了這顆頭，本指揮使也不辱皇命。」任碩悠悠起身，毫無怯意。但他無法再有更多動作，伊拉露門已經完全壓制他，那張和藹的老邁臉孔藏著果決殺意。

局勢平息下來，寒櫻繼續醫治毒發甚重的公治乘，此時毒已滲到更裡層，雖然暫時制止毒蔓延，但長久待著終究難逃一死。

公冶乘緩緩張眼，看見寒櫻焦急的雙眸，他顫著唇，欲說話卻發不出聲。

「躺著，這是命令。」寒櫻的語氣彷彿回到公冶乘還稱呼她「主人」的時候。

公冶乘輕搖指頭，極盡全力用氣音道：「別跟他鬥……不要……」

「現在掌握殺生大權的是我們。」寒櫻按住他的嘴，要他好生休息。

「任將軍，你的思考時間到了，是要自己走出去，還是葬在你的家人永遠找不到的地方。」

伊拉露門往前踏一步，刀尖直抵任碩喉頭。

一旁的小將還在奮力掙扎，但楚邁的體重沉沉壓著，就是有任碩那等臂力也脫不開。

所有人都在等任碩發言，他的選擇會引導接續走向。

「我絕不辱皇命。」任碩堅決地說。

「別動，再動立刻廢了它。」伊拉露門迅速移刀，拍了拍任碩蠢蠢欲動的手。

「敗在妳這蕃人手中，實乃武將之恥。」任碩狠咬著唇，表示有多麼不甘心。他猶豫了會，放鬆肩膀，膝蓋緩緩驅下，最後單膝著地，抱拳朝上道：「末將無能，竟遭劣蕃調戲，為保全將士之命，甘願拜降。」

「鋪陳了一堆，就是打算滾出山神林吧？」伊拉露門莞爾道：「寒櫻，送他們上路。」

寒櫻施展風法，面無表情地說：「這風會把你們丟到來的地方，別想掙扎，除非你有不摔死的自信。」

「我連死都不怕，只懼一件事——」任碩起身，肅穆地看著寒櫻，不再說話。

一股寒意猛然襲來。寒櫻被迫停止施術，她繃緊神經，如蒼鷹掃蕩四周。讓人厭惡，讓人恐懼，熟悉卻又想不起在哪遇過。

伊拉露門跟楚邁也感受到強烈的氣息，空氣彷彿堵了道牆，往內瘋狂壓縮。楚邁鼓起結實的肌肉，奮力抵抗莫名的殺氣，一瞬間殺氣變幻無數，帶來巨大的壓迫感。

伊拉露門的獵刀忽然劇烈晃動，雙手也握不住。

寒櫻睜大眼睛，她想起來了，在迓仙崖遭烏塔克偷襲時也時這樣的感覺。而且這次比當時更沉重，死亡緊黏肌膚，一鬆懈就有可能被奪走性命。

最讓她們詫異、幾乎啞口無言的，莫過於公冶乘竟好端端起身，抿唇皺眉走到任碩跟前訓斥道：「任碩，看來你還需要多修練。怠慢皇命，你擔不起。」

寒櫻看見公冶乘眼裡的活力，那絕不是奄奄一息的人，但他方才的脈息確實微弱的近乎死去。鴆毒是真的，傷也是真的，寒櫻唯獨不知道現在端正嚴肅的公冶乘是不是真的。

「都司大人，屬下是怕使出全力，會傷及仙藥。」

公冶乘瞥向伊拉露門，斥責道：「本都司說過不得傷害無辜，怕是你沒聽清楚？」

「大人，這老女巫出手太重，若不還擊，弟兄們生命堪憂。這趟路已經折了四十人，可不能——」任碩看見公冶乘深深呼了口氣，立刻停口。

楚邁大吼道，朝公冶乘奔過去。

公冶乘出掌擋住牠的身軀，全身散發強勁力道，一出力便把楚邁推飛十來步。寒櫻彷彿看見他對付孤奴的場景，一模一樣的感覺，只是這次他沒拿劍。

公冶乘踏平驀然冒出的青草手臂，迅速走到伊拉露門面前，撲滅她掌心裡的火苗，連帶斷絕她與天地靈氣的連結。

伊拉露門似乎還不相信公冶乘竟有這等本領，但公冶乘旋即以一指之力逼得她坐到地上。龍國人不可信。寒櫻突然想到她用來數落公冶乘的話，此情此景儼然變成難堪的諷刺。她一心想救活的居然是個幕後黑手，徹頭徹尾的騙子。在紫晶洞的咒誓、迓仙崖的承諾，全碎成塵埃，她以為自己聰明，到頭來竟成了別人侵犯鹿神的踏腳石。

寒櫻瞬間認同氏里社頭目的評語，她太自傲，無法讓人放心。

失望超越憤怒後，竟是莫名難受的刺痛，每次呼吸似都狠割心裡最痛的位置。

她緊緊捏著手臂，理當恨不得殺死眼前的男人，心裡的怒火卻升不上來。也許太過失落，因而血液結成冰，恨也不起，怒也怒不得。但她看著公冶乘的眼神已超越恨與怒，那是無法描述的情緒。

看著公冶乘展現的能力，已足夠說明他為何百折不屈，再重的傷都能挺過。

所有謊言剝落，事情一一清晰，從第一次他重傷而來便是鋪陳，裝傻也好，服從也好，都只是為獲得鹿神肉。這股氣勢也明白說著，迓仙崖那晚烏塔克為何發狂，當初發現的詭異符文完全是障眼法。

更可能寒櫻的咒誓對他根本不起作用，現在看來似乎如此，否則他沒有說話的餘地。
這時寒櫻切迫希望幻夢成真，讓公治乘的血染黑這片神聖之原。
「都司大人，她們不願說出鹿神藏身處，又該如何？」任碩問道。
公治乘走到寒櫻面前，「寒櫻姑娘。」
「別叫我，你這個混蛋。」寒櫻從未想過自己會爆粗口。
「只要妳交出鹿神，我絕不為難妳們。」
「龍國人，你的話還可信嗎？」寒櫻笑了，笑自己愚昧。
「寒櫻姑娘，我不願傷害妳們，更不得違背皇命，此藥茲關重大，望妳諒解。」
「為了你的長生不老，破壞我們的山林？真是好交易！」
「並不為我，而是為天下蒼生。」
「這有什麼不同。」寒櫻搖頭，對於公治乘自私的言語不感驚訝，無論他為誰取鹿神肉，本質上都是一樣的。
「大人，如此拖延下去不是辦法，依屬下看得用強的。」任碩說。
公治乘盯著寒櫻，知道她有多麼倔強，別說苦勸無用，改用硬的只會得到反效果。但現在公治乘的話一文不值，無論說什麼寒櫻都聽不下去，反正說了都是謊言，只不過為求得鹿神肉鋪墊。
若不是伊拉露門被反制，寒櫻早想颳起大風，快速結束這場鬧劇，趕緊回內文社清除八閩水師的主力。她一刻也不想見到這個騙子，公治乘的冷靜恰好不斷提醒她鑄下天大的錯誤。

「別動。」任碩刀指伊拉露門。

公治乘揮退他們，伊拉露門只是從斜揹包包裡拿出菸桿。這再次表現他的眼睛多犀利，彷彿他有一塊肉駐在對方體內，隨時能猜到對方心思。

他走上前替伊拉露門點菸。

「不錯，至少這一點不是假的。」

「任指揮使方才說的也不假，要是妳們執意不配合，恐怕免不了一場腥風血雨。」

「公冶乘，你為『聖上』不顧生命，我們一樣能以血捍衛山神。」伊拉露門彷如在山洞內悠哉談話，「不過你確實厲害，忍辱負重，連自尊都賣了，父母都能拿來當成籌碼。」

伊拉露門見過許多奸巧的商人，唯獨一個公冶乘矇得毫無破綻，彷彿過去八十年都白活了。

「我出生便無父無母，只知皇恩浩蕩，不曉父母之情，我這條命是聖上的，生死為國。只要肯交出鹿神肉，任何條件我都答應。」公冶乘耐心十足的談判，與先前急躁的模樣判若兩人。可見寒櫻當時的咒誓有效，只不過公冶乘的確是為他人而謀，如此單純的諷刺。

「那要你死呢？」伊拉露門笑問。

「行。」

「我可不行，山神比你還有價值，你的命換不來我們祖先建立的共榮。況且你們取走一次，難道不會有第二次？人的貪婪是無底洞，縱然讓你們刨光山神林，仍難滿足貪得無厭的心。」伊拉露門制止公冶乘開口，繼續說：「聽我說完。我不需要你的承諾，你如果夠聰明，便該知道你說的話沒有任何公信力。反正我活得夠久了，以寒櫻的能力絕對逃得出這裡，知道你們會怎樣嗎？你們會被困在這個洞穴，跟我這老婆子一起赴死。」

伊拉露門的意思很明白，寧要寒櫻不顧她，也不讓公冶乘得逞。

「慶幸你們還有選擇，放棄山神，滾出山神林，永遠別踏進大龜文！」

公冶乘看向寒櫻，「如果寒櫻姑娘有犧牲妳的準備，那我也有我的決心。」

談判破裂。

公冶乘明白不是任碩本事不夠，也非他騙得不真實，而是大龜文的韌性遠超乎他想像。寒櫻催動巫力，凝聚山神林充沛不絕的靈氣，這裡的靈氣近乎聖山，能使出前所未見的威力。一旦發動，也許會毀掉部分地洞，亦難保證伊拉露門跟楚邁的安全。不過他們早已達成共識，誓死守護家園。

「寒櫻姑娘，劍塚的事並非謊言，」公冶乘徐徐踏步，湧出強勁的氣，「我去了劍塚，但不為取劍，而是殺了守塚的麒麟，飲下麒麟血雖可百毒不侵，增強氣勁，卻終日惡痛纏身。」

兩團水火不容的氣息狠狠碰撞，任碩等人察覺危險，紛紛往後退去，直退到湖畔。

「所以你想說我的咒術一點也不痛？」寒櫻不甩他，兀自招喚更多的靈。她感受到靈的忿怨。紅山頭在耳邊啁啾，但寒櫻肯定這不是喜兆，可惜她跟伊拉露門無法看透未來，解讀不出深奧的預言。

「我只怕無法替聖上分憂。」公冶乘停下步伐，深深吸了口氣，眼裡閃爍哀愁，寒櫻憎厭的神情在他眼中瀲灩。

寒櫻想充耳不聞，可公冶乘字字句句盤桓於耳，孰真孰假，糊得難以分辨。

「到了這種時候還要偽裝，不愧為第一走狗。」她諷道。

地洞掀起一陣風雲，雷響地震，茵茵草地幾被連根拔起。好不容易動靜平復，任碩等人從躲避處出現，敲了敲仍發暈的腦袋。小小地洞撐不起兩人鬥法，更逼得其他人必須縮到狹縫，以免遭受池魚之殃。

楚邁見戰況底定，緩緩起身，讓藏身牠毛皮下的伊拉露門出來。鹿神的棲息地被搞成這般慘況，不禁令人唏噓。

眾人走到原是草原的地方，唯有苦楝樹昂然挺立，冷清枯枝與地上粉白的花塚形成對比。寒櫻無力的坐著，方才一戰勝負自明，儘管有充沛靈力仍贏不了喝下麒麟血變成半人半怪的公冶乘。

巨大的痛苦造就強大的力量。

公冶乘語氣輕柔地說：「再打下去只是垂死掙扎，人活著還有許多事能做。」

「讓你得逞了，活著也沒意思。」寒櫻勉強撐起身子，想要再次召喚靈。

「來人。」公冶乘喊道。

任碩應了一聲，立刻綁來伊拉露門跟楚邁，此時伊拉露門靈力全失，只不過是普通的老人。任碩遞上一把劍，正是公治乘用來殺孤奴的，其鋒利不需多言。

寶劍出鞘，劍光寒射。

「鹿神藏去哪了？」

「那傢伙說的好，無論人間多少風流，最終魂歸天地。」伊拉露門說。

「很抱歉，妳不會死得太輕鬆。」公治乘想藉此要脅寒櫻。

寒櫻忽然放下手，因為她聽見一個聲音，如稚嫩少年在他耳邊細語。

我將要死了。

聲音從鹿神藏身的空間傳出，直抵寒櫻心裡，並不停重複。鹿神要寒櫻別再強碰。雖然疑惑，寒櫻依然遵照鹿神的話退後。

你們的到來，正好是我命殞之時。

一道光乍現，從光縫裡探出金黃色澤的大鹿角，任碩跟公治乘不禁綻開笑容，長年的目標終於近在眼前。

「啊……」伊拉露門畏懼地看著老邁的鹿神，她知道接下來將發生何等可怕的事情。

碩大的百步王蛇跟老鹿神一同現身，苦楝樹蒼涼的枝頭倏然萌長花苞，不一會便是繁花盛開的模樣。

「為什麼……我們這麼拚命的保護祢，祢卻甘願送出自己的命？」寒櫻不解地問。

「萬物經歷生死，此消彼長，才能達成平衡。妳們還有更重要的事得做。」

「那豈不是徒勞無功……」

「不，寒櫻，妳已獲得新生。」

「快，開槍！」任碩喊著。

火槍手扣下扳機，子彈劃出軌跡，筆直射中鹿神。

「都退下，殺鹿神需要付出代價。」公冶乘握緊利劍，縱身一躍，俐落斬下鹿神的頭。鹿神神情祥和，泰然面對生命的結局。

楚邁不忍直視，只能發出哀鳴。

鹿神頭落地，士卒立刻撿起來裝到貼有黃符的木箱，眾人愉悅之際，公冶乘發出勁力打退他們。任碩往後飛了數尺，正欲問公冶乘為何這麼做，鹿神的斷裂處噴出大量鮮血。

血如風花飄散，枯死的草原受其滋潤，重現蓬勃生機。但公冶乘卻慘遭吞噬，血滴到他身上成了劇毒，他的手迅速腐爛，來不及遮掩的右臉也腐化慘重。

「都司大人！」

「都別過來，我已是半殘之軀，剩下的苦果由我一人承擔。」

公治乘痛苦嘶吼，比起過往承受的還要痛上百倍千倍，這便是殺鹿神的代價。他明白生死同行的道理，因此必然有人承受這般苦痛。公治乘如沐毒池，那把鋒刃也在鮮血浸泡中腐朽殆盡。毒煙四漫，慘聲連連，任碩只能乾著急，他們縱使上前也只不過變成血泥，唯有公治乘不同凡人的身軀才能硬挺至此。

寒櫻不再流露憐憫，她扯斷美麗的孔雀珠手鍊，扔到地上。

失去鹿神的力量，地洞搖搖欲墜，湖水瞬間乾涸，靈氣也快速消散。少了公治乘桎梏，伊拉露門恢復靈力，她召起風靈，跟寒櫻、楚邁逃離即將崩潰的地洞。

血流盡，公治乘彷若被烈火焚噬，陣陣焦煙裊繞，右手皮開肉綻，幾乎深可見骨，半張臉被毒血摧毀，俊逸的臉龐變成某種令人喪膽的怪物。任碩一邊指揮人護送箱子出去，一邊小心翼翼保護公治乘，現在連一個小孩子都能用木頭製的劍劈倒他。

落石雨點般零落，岩壁縫隙大開。

一時間地洞發出巨響怒吼，轉眼湮滅。

任碩拖著公治乘跑出洞外，總算躲過災禍，小將已經把士卒全帶出洞外，裝著重要頭顱的木箱也安然無恙。

外頭景色大變，鬱鬱蒼蒼的樹林染上一片哀然，了無生氣，成群滋繁的動物也不見蹤影。牠們向來靈敏，感覺到山神林有變異，便躲到安全的地方去。地上彷彿發生大地動，地貌為之一變，扶搖直上的大樹木被震成兩段，如屍體交互疊躺。

「都司大人，您聽得見嗎？」任碩讓公治乘躺在平坦地。

「唔——大家都沒事？」

「好的很，好的很，您沒事就更好了！」任碩聽見公治乘的聲音才算放下心中的大擔子，哪怕微弱，尚存有一線生機。

但公治乘自知不行了，新傷舊傷合在一起，軋倒他的身體。源源不絕的生命力從眼裡驟然褪色，半邊臉腐爛，半邊臉血氣全失，右眼眶只剩一個窟窿，右耳焦爛，同時失去一半的視覺和聽覺。

手腳因毒血滲骨，縱僥倖活下，後半生亦殘疾。但問公治乘如此值不值，他自是毫無猶豫，對他而言這條命打從出生就不屬於自己，誰給了他命，就對誰鞠躬盡瘁。

如今最重要的任務已成，他是活是死都無所謂。

「寒櫻、姑娘——」公治乘用盡力氣喊著寒櫻的名字，僅剩的一隻眼流露愧歉。

但寒櫻不在這，她憔悴地環視成為枯荒的林子，千百年生成的茂林轉眼荒蕪，看在與這片土地緊緊相繫的人眼中，已非難受可以形容。

砰——砰——巨大的炮響忽入耳畔，寒櫻驚覺抬頭，雖然山神林辨識不出方位，但她有預感聲音是從大龜文傳來。楚邁說得沒錯，在這裡能把遠山重嶺外的雜沓聽得一清二楚。

「你們的家有危險了。」楚邁坐在枯掉的樹幹，哀戚地說：「人類永遠不滿足。」

寒櫻惱怒走到任碩身旁，不顧十多枝對準她的火槍，一把揪住任碩問：「山神已自願犧牲，你們還想求什麼？」

「我們根本沒派人去你們老窩，老實說，都司大人不願以武力征服，只留下一撥精幹士卒，主力艦隊都到亶洲避颱風去了。妳見到的就是我們所有的人。」

「龍國每個都是好戲子啊。」

任碩輕輕拉開寒櫻的手，不甘地說：「若非都司大人對你們有情，也無須鋌而走險，身入險境。」

「難道還要我們感謝他？」

「勝負業定，多說無益。照我估計，這炮火是紅髮人發的，我們艦隊撤離後，海上無防，現在整個海岸線恐怕都是他們的船。」

「朗格……」寒櫻想起腆著大肚子，笑臉陰邪的尼德蘭特使，他早有預謀動用武力逼迫大龜文就範。從猛烈的炮火聲聽來，決不是上回帶來炫耀用的那點人手而已。

這下寒櫻想通鹿神最後的話，鹿神早知大龜文將有更嚴峻的危難，因此要寒櫻活著。現在公治乘已殘，龍國人毫無威脅性，只剩下尼德蘭人。

「寒櫻，走吧，大龜文的戰士需要妳的祈禱。」

「我知道。」

「寒、櫻——寒櫻姑娘……」公治乘嚅嚅道。

「姑娘，至少，我求妳了，看一眼也好。」任碩低頭道。從軍四十載，只有斷頭氣魄，還未與人低頭。

就算任碩肯低頭，寒櫻也未必要賣面子。

但聽見公治乘的低鳴，寒櫻的情緒被挑動了，紊亂的情緒揮之不去，即使不看見他的臉，也知道他傷得多重，而且毫無偽裝。

伊拉露門朝寒櫻點點頭，寒櫻抿著唇，推開任碩。士卒放下武器，讓開通道。

她走到公治乘身旁，看著這個騙取鹿神的龍國人，那身傷注定後半生殘疾，眼裡並無悔恨，但徘徊一絲虧欠。

「抱歉，這是為了天下蒼生。」

寒櫻不曉得他有多崇高的理由，但能清楚感知他的執著。

「北方大戰，國基動搖，聖上龍體——」公治乘咳了一聲，滿臉痛苦，繼續說：「聖上必須安保龍體，才能鞏固朝廷，這都是為了——為了——」

「天下蒼生，我明白。」寒櫻的神情就像初次見他時冷漠，心裡卻早是另一番風景。「說完了就閉嘴。」

「妳的歌聲、很好聽……」

「我會唱首輓歌給你。」寒櫻蓋住他的眼睛，讓他進入沉睡，施展風靈使他飄起。

小將拔刀，怒喊道：「休動都司大人！」

「龍國人向來說話不守信，我把他壓在內文社，你們過來領回他吧。」

「什麼？」小將憤恨地說。

「都退下。」任碩喝退眾人，頷首道：「明白，我定前去迎接都司。」

伊拉露門搖頭，莞爾道：「說到底還是被他給騙了，但騙到這程度，假的都成真的。」

「這是我們的人質。」寒櫻說。

小將不滿地說：「豈能讓蕃人帶走都司大人？」

「你以為都司大人撐得過這段路嗎？那女巫是在救都司大人。點齊人手，帶上裝備，得趕路了。」

這時小將才明白寒櫻的用意。

「咱們挑掉她們信奉的神，她怎可能幫助都司大人，這裡頭是否有詐？」

「若她跟我們一樣，便有可能，但她不是。」任碩拍拍小將的肩頭，要他整裝出發。

伊拉露門喚起大風，狂捲滿地落葉。她向楚邁道別，與寒櫻化作風飛回內文社。

豪雨已止，蒼穹凝滯濃稠陰雲，緩慢拖沓捲動。空氣沉得讓人不適，連連炮火在凝止的悶氣響徹，聽者似在泥沼掙扎，卻脫不開膠狀的憋悶。

經歷一番波折，寒櫻跟伊拉露門傷痕累累，精力消盡，這氣息壓在背上更顯不快。從空中能瞥見黯然的海岸泊滿黑壓壓的船隻，風搖著醒目的旗幟，四處升起營火，煙硝刺鼻。

這陣仗粗估有五百人，也許更多，但寒櫻沒時間細算。她們很快落在內文社，負責戒備的戰士聽見動靜跑來，看到兩人，立刻欣喜若狂，大呼大龜文有救了。

她們來到內王城，固以跟眾頭目全出來迎接，各個愁眉不展。斯卡羅的頭目也來了，能讓這些相互敵視的人齊坐一堂，定是發生大事。

固以把兩人請到會所，斯卡羅最年長的頭目開門見山說出目前處境，原來朗格被鐵娘子趕回去時，劫掠斯卡羅，斯卡羅戰士正反擊時，朗格卻告訴大頭目他已經跟固以談好立約條件，斯卡羅人半信半疑，停止攻勢，想不到兩日後山前出現為數眾多的榴彈炮，晝夜炮轟斯卡羅部落。

「那天風雨極大，他們卻突然出現，毫不客氣把炮彈砸在我們土地。我們來不及防範，頓時失去一大片領地，被那些紅髮惡靈殺了許多人！」老頭目氣憤地說，這些話他已跟固以說過，但再說一次仍是難解心頭之恨。

「對方有多少人？」

「他們猶如蟻穴湧出的螞蟻，密密麻麻，也許有五百，不，六百，總之斯卡羅的領地到處響起炮聲，我們的森林在大雨中燃燒，祖先流傳的屋子慘遭炸毀！現在他們停泊在大龜文的海岸，用同樣的方法將你們逼上絕路。」

「高佛社雖然抵擋住尼德蘭先鋒，但他們的大炮太多，甚至，唉，我尊敬的伊拉露門，妳的家也遭到來自海上的炮彈摧毀。」固以說起大龜文的狀況，眉頭都快皺在一塊，「原本雨勢制止他們前進，但雨停了，上天把我們帶到危險之境。我們已經決定，要與斯卡羅一起對付尼德蘭。」

「龍國人！他們跟尼德蘭人狼狽為奸，否則尼德蘭人推來這麼多火炮，他們怎麼可能一個屁也不放。」氏里社頭目怒氣沖沖地說：「一個要黃金，一個要山神，兩個貪心的野獸正好在一起。」

他們還不曉得鹿神已經死了。這節骨眼上，寒櫻也不想說出這件事，免得大家情緒更糟。但寒櫻認為這件事與龍國人無關，龍國人只要鹿神，更可能是朗格一直注意著各方動向，見到八閩水師撤走，便趁機發動奇襲。這麼大規模的兵力不可能臨時召集，很大可能是朗格來內文社談判時，一方面也著手安排武力。

只是任碩的出現吸走大龜文的注意力。

「內文社地勢險阻，他們的大炮在樹林裡沒有作用，因此只可能從崩山進來，我們要在那裡斷絕他們愚蠢的行動。」固以已經徵集數百戰士，加上斯卡羅盟軍，人數上不僅有優勢，對於地形瞭解更勝一籌。

「有個討厭的麻煩，馬兜道願意提供嚮導給尼德蘭人。」

馬兜道人長年跟大龜文爭奪獵場，對於山勢也瞭若指掌，有他們幫忙指路，尼德蘭人的進攻會更加順暢。

「祈禱上天降下風雨，驅走這些不速之客吧。」固以說。

颱風突然停止，並且挾來尼德蘭人，對他們而言不是好兆頭。

調度完人手，頭目們各自散去。

等到人清空，寒櫻悄悄告訴固以山神林的事情，固以驚訝地不敢置信，畢竟有寒櫻跟伊拉露門在，不該發生這等結果。寒櫻又說了公冶乘的事。

固以更驚奇了，且不說公冶乘說謊，任碩等人是如何抵達山神林？

「不知道，也無須探究，鹿神已不在，而我們要面對眼前的挑戰。」伊拉露門打斷固以的提問。

固以也不想多追究，可是聽聞寒櫻還把公冶乘帶回來，他覺得更匪夷所思。

「總有派上用場的時候。」

「但他已經殘廢了，還能指望他像之前那樣殺孤奴嗎？」

寒櫻不語，固以也不再多問。

夜裡舉辦了盛大的祭典，寒櫻跟伊拉露門攜手進行戰前祭，大家看見退隱的伊拉露門出現，士氣為之一振。伊拉露門的地位相當崇高，即使是斯卡羅人也相當尊敬，看見這個創下許多傳奇的女巫出面，戰士們也顯得格外氣勢高昂。

寒櫻向祖靈祈求祝福，希冀天地精靈能幫助戰士守衛家園，讓他們的英魂適得其所，發揮價值。斯卡羅戰士跟大龜文戰士齊聚一堂，固以跟斯卡羅大頭目共飲連杯，象徵兩方人破除陳見，共同捍衛山林。

「等太陽高升，我將會跟戰士們一同踏上征途。我不想族人看見任何失望的事情。」寒櫻下定決心。

「贖罪？」

「這麼做不足以消弭我的罪行，但我必須如此。」寒櫻隱然知道明日將有一場大戰，超越此前所有戰役，更可能有生命危險。

祈禱時，她聽見綠繡眼的叫聲穿越黑夜，帶來啟示。因此她知道前途困難重重。

這時寒櫻能稍微體會公治乘的感覺，一切為了自己人，並無好壞，是更大的需求將他們推出檯面。為他們所保護、所信奉的人事物奮戰，流罄汗血，死而無憾。

伊拉露門抱了抱寒櫻，給予她祝福，寒櫻八歲以後就不給抱了，可是這次她沒拒絕。她們都各自從綠繡眼的鳴叫聽見啟示，只是不願說破其中危難。

在固以邀請下，伊拉露門跟各頭目、長老飲酒，帶來信心。寒櫻如同以往避開歡騰，此時她更需要寧靜。

她回到自己的屋子，屋內傳來蘭花與焦味混雜的味道，公治乘被安置在這。這敏感時節，可沒有地方能收容他，寒櫻只好把他放到自己屋子。

公治乘的皮膚停止腐敗，但也沒幾個地方完好如初，他聽見步伐，知道是寒櫻，便用乾嗓子說：「謝謝妳。」

「不用謝，救回你的命，仍改不了殘廢的事實。」

「無妨，我心甘情願。」公治乘看著寒櫻的側臉，察覺了她的不安，但欲說些什麼，仍是咽回喉嚨。
他僵直的指頭一陣摸索，摸出寒櫻拋棄的孔雀珠，示意要給他。
寒櫻沒想到他居然撿了回來。
「這東西還是適合妳。」
「我沒東西跟你交換。」寒櫻嗤道。這串珠子簡直是實實在在的嘲諷。
「那，唱首歌吧。」公冶乘吃力的伸起手，要交給寒櫻。
寒櫻躊躇著看著他，還是戴上那串手環，然後倚著牆坐下，說：「你不說話的時候我才能安靜。」
「嗯。」公冶乘揚起嘴，勾起半邊醜陋的疤痕。
寒櫻輕輕拍著大腿，哼起古調，歌聲流瀉在內文社最安靜的空間。
「不要小看我的心，還請遵從神的旨意。像我這般孤苦無依的平凡人，沒人會要我們。請不要改變你對我的承諾。」

第九章　舊死新生

清晨山嵐未散之際，下起綿綿細雨，浸軟崎嶇山路，迤邐而泥濘的路途遏止尼德蘭人榴彈炮前進。他們原地架炮，卻非隨意轟炸，在熟知地形的嚮導引導下，瞄準了所有能夠伏擊的地方。

煙霧繚繞，是雨亦是煙硝，遮蔽了山林戰士銳利的雙眼。尼德蘭槍手在猛烈炮火掩護中推進，但大龜文跟斯卡羅的戰士畢竟習慣森林作戰，煙幕成了雙面刃，偌大的闊葉林形成拉鋸戰場。

尼德蘭槍手大多集團行動，利用火力優勢壓制，不過無法防範戰士們神出鬼沒的游擊戰。兩方人在雨中互擊，互搏，榴彈炮轟轟隆隆炸出一個又一個窟窿，大龜文戰士始終無法靠近堅固的炮陣。

一輛輛貨車穿過難行的山地補給彈藥，幾乎沒有停歇，讓躲在樹上的戰士飽受精神壓榨。出發前，固以告訴眾人必須堅守，尼德蘭人的炮火總有用罄之時。

尼德蘭人不停拓展陣地，氐里社跟內獅社按照計畫沿著茂密的林子潛伏，避開大規模士兵，迂迴到主炮陣後方，斯卡羅人用少數火槍吸引尼德蘭人注意，接著負責偷襲的戰士伺機而上。

但身為嚮導的馬兜道人同樣敏銳，他們高聲呼喊，尼德蘭火槍兵察覺背後的戰士，立刻開火反擊。氐里社跟內獅社的戰士遭到包圍，於是這些不懼死亡的戰士怒吼衝向彈幕，流著血忍著痛沖散尼德蘭人。衝垮第一波防線後，火炮停止射擊，火槍兵提起刺刀進行白刃戰，獵刀奪走穿著亮麗制服的頭顱，直到再也無法前進，被鋒利的刀尖割破咽喉。

泥水染上黏稠的紅，嘶吼聲變成催動情緒的戰鼓，底里社頭目率領勇猛的戰士闖破人海，躍上讓他們頭疼不已的榴彈炮。

「毀掉它們！」底里社頭目將獵刀插入車軸，與戰士一起推倒榴彈炮。

其他社接續湧入，如刀鋒撕開尼德蘭士兵的陣型。潰散的尼德蘭士兵很快組成新的隊形，底里社頭目拔起獵刀，對戰士激勵喊話，要一鼓作氣將他們趕出這裡。

樹林裡卻冒出更多士兵，已經重新結陣的尼德蘭人彷彿生出翅膀，奮力一拍壓倒戰士的鋒芒。人數超出預期更多，更密集的火槍群打亂氐里社頭目甫建立的勝果，此時闖入中央的戰士變成良好的炮擊點，在毫無遮蔽的情況下迎接炮轟洗禮。

已說不清是誰突襲誰，被打慌的戰士只想趕緊撤離，但尼德蘭人的翅膀逐漸擴成同心圓，意圖在此一舉射殺所有戰士。

「那是什麼？巨人！」尼德蘭人士兵驚訝地說。

「開炮！」

忽然炮口全轉向，朝杳無人煙的高大樹叢轟炸。寒櫻帶領內文社戰士殺來，她施咒讓尼德蘭士兵以為那些樹木是孤奴，趁機救走被圍困的友軍。斯卡羅人帶上所有火槍跟弓箭，為盟友打開一條逃脫之路。

只是這騙不過馬兜道人，在長久爭奪山林的戰鬥裡，他們對所有迷惑人的巫法了然於心。馬兜道嚮導告知破解的方法，這下尼德蘭人才知道他們竟對著一片樹林盲射，迅速調頭射擊逃跑的大龜文戰士。

氏里社頭目不慎滑倒，整個人跌入血泥中，寒櫻折了回來，拖住他的手狂奔。入夜雨化作沉悶的雲層，尼德蘭人已停止攻勢，但各社不敢再輕易進攻，這次突襲折損超過七十人，各社頭目沉默以對。特別是氏里社頭目，他被子彈打中背部，右手無法高舉，只能怨憤的抿唇。

但他看向寒櫻的眼神不再充滿敵意。

交戰第二日仍然膠著，原本估計尼德蘭士兵約六百左右，此時固以不得不承認估算錯誤，與他們對戰的士兵起碼八百人以上。

寒櫻從瞭望點俯瞰，冪冪陰雲下泊著十數艘大船，彷彿整片海洋只剩尼德蘭船隊。物資源源不絕運上岸，從後勤到戰略，可想而知尼德蘭人為了這場征服策劃了多久，天候、人事，一切水到渠成。

第三日，尚未拖垮尼德蘭士兵的耐心，據守山林的戰士已疲乏了。

陰沉的天空讓人備感壓迫。

入夜戰鬥停息了，寒櫻獨自架起雕刻蛇紋的陶甕，憑藉自己的力量進入幻夢。甜膩香味包覆她的身子，將她帶入色彩詭離的世界，她的靈魂如煙絮飄颺，看見一座黑色祭壇，六個披著黑羔羊皮的高個子分別站在六芒星一角，星芒竄出黑濃煙霧。

寒櫻往上窺探，煙霧之上立著頭骨極高、四肢很長的人形，那是寒櫻未曾見過的靈，正持著一把青銅劍插在颱風之中。祂瞥見寒櫻，突然天上爆出一聲怒雷，祭壇上的人猛然睜開眼睛，憤怒瞪著寒櫻。

其中一人伸掌成爪，狠狠朝空中一抓，寒櫻痛得退開，瞬間祭壇湮沒，那抹甜香隨之散盡。寒櫻滿頭大汗醒來，壓著肩膀喘氣，她總算知道颱風為何停滯。

那邊有個操縱天候的神靈。他們既被寒櫻發現，必然會使出更可怕的招數。

寒櫻把方才的事情告訴固以，要大家明日出戰加倍小心。夜裡山的另一頭被篝火照亮，尼德蘭戰士徹夜忙碌，卻不發一槍一彈，戰士們也因此守夜戒備。消磨至清晨，雙方沒有發動攻勢。

「紅毛把大炮拖到後面高地，用布蓋住大炮，然後不曉得跑去哪了！」派去搜查情報的戰士回報。

眾人一楞，等候固以下達指示。

這時巫師們察覺天上出現變異，黑濃濃的烏雲中央綻現紅光，這是將躍下暴雨的前兆。黑雲如瘋浪滾動，一層一層的水氣裡蘊含狂暴力量。

寒櫻趕緊要大家迴避，但一道怒雷劈下，瞬間烤焦一棵巨樹。未等戰士做出反應，十數道雷擊落，接著上百道，天空肆意咆哮，紫色的雷電在腥紅光芒炸開，激射到地上。

隨之滂沱豪雨訇然，垂直打落地面，沖垮眾部落的沉默。大雨沖散眾人，戰士驚慌四竄，躲避兇猛的雷擊。此時已經無法指揮，大家各奔東西，往石窟、山洞等等能掩藏之處躲去。

寒櫻被暴雨淋濕，她仰望翻動的雨雲，彷彿看見一雙戾光四射的眼眸。這結果是誰造成的不言而喻。

現在朗格肯定躲在安全的地方，好整以暇盯著大龜文跟斯卡羅聯軍逃竄。戰士如蟻窩被灌水的螞蟻慌亂無章，一個個逃到伸出無助的觸角，祈求上天憐憫。許多人被怒雷燒死，被大水嗆死，嚴峻的情勢卻不容其他人伸出援手。

氏里社頭目憤恨地捶著自己的大腿，可是又無可奈何，天雷是迅捷的蒼鷹，他們被迫變成躲躲藏藏的獵物。

不知是誰先唱起哀歌，然後歌聲傳到四周，大家不約而同哼唱起來，為來不及逃難的戰士哀悼。寒櫻跪在爛泥地上，膝蓋逐漸下沉，她沒有逃走，但無能為力，耳邊盤桓雷電、暴雨交響，在巨大的聲響裡聽見微弱的呼救聲。

可是她使不上力，他們的靈竟被阻絕，大氣寧靜的可怕，什麼也感知不到，猶如公冶乘在山神林使的方法。寒櫻沒想到再次陷入這個陷阱。

這次她憤怒，卻打不破無力感，斗大的雨滴替換成斗大的淚珠。實際上她沒哭，她不能哭，不能服軟，她還沒保衛族人啊！

雨一直下到黃昏，澆熄戰士們的戰力，等雨停了，榴彈炮接續發動，試圖瓦解戰士最後的意志力。

入夜，炮火告一段落，人們也疲乏，闌珊的回去收拾族人的殘骸。他們像是沒有靈魂的肉塊，在狼藉的山林游移，沒有聲音更顯悲涼。

寒櫻落魄的坐在火堆旁，聽頭目們談話。

「我們的驕傲即將湮滅於煙硝之中。」高佛社頭目憂心地說。他比剿殺孤奴時更憂愁，毫不掩飾手足無措的狀態，「也許變異的孤奴出現時，天神便給予答案了。」

「這是什麼意思？」固以問，語氣略顯浮躁。經過一日精神轟炸，很難維持平常心。

「昨日的盟友正為利益動搖。」高佛社頭目撓著越來越高的髮際線，「我英勇的戰士親眼見到斯卡羅大頭目接見朗格的使者，他們原本就立過盟約，現在只不過重新簽訂一次而已。」

「這不能證明我們盟友失去誠心，別忘了朗格一共派出三十個使者，連你也見過了吧？」固以說。他三天沒睡，黑眼圈濃如煙熏，不停尋找戰勝的可能。但開會的人一批換過一批，大部分頭目都決定各自為戰，有氐里社跟內獅社的犧牲為鑑，誰也不敢貿然進攻。

「我的領袖，我以崇敬的祖先之名起誓，永遠不會背棄大龜文。可是我無法保證斯卡羅人不會從後偷襲，他們守著右邊的通道，只要他們的大頭目跟朗格結盟，那些紅毛人很快就能抵達內文社，染指神聖的黃金山城。」高佛社頭目拍著大腿，按奈心中焦躁，「金牆、金門，金色的堡壘，比鹿皮更符合他們的貪婪。」

「也許這是大龜文的宿命……必須為了家園奮死一戰，因此，我們的舉動將決定子孫如何傳唱這場戰役，我們會成為歌謠裡浴血奮戰的英雄，以不朽的姿態回歸聖山！」固以知道拉鋸戰只會讓大家更舉棋不定。

絕對不能再繼續拉鋸，越是陷在僵局，情況就對尼德蘭人有利。

「我們是百步蛇的子孫，露出尖牙狠狠咬住入侵者的血肉，用最可怕的毒液讓敵人永恆恐懼！」氏里社頭目抽出缺了一角的獵刀，奮力高舉，他的手還未康復，只能舉到一半，但他充滿魄力的吼聲感動了在座戰士。

固以舉起酒杯，昂首飲下，鏗鏘有力地說：「祖靈與我們同在，山林與我們同在。」眾社頭目商討後決定趁夜大舉突襲，一口氣把尼德蘭人趕回安鎮港。

聽了整晚的寒櫻卻有不同見解，她趁頭目們散後，偷偷跟固以說：「這樣的決定讓我感到害怕。」

固以無奈的頷首：「我知道，但妳還有什麼好辦法？難道要投降，出席南鹿洲會議，簽下對山林予取予求的愚蠢條約？如此大龜文也不是大龜文了，放棄了生存的根，我們便什麼都不是。」

「可是我不能眼睜睜看著數百條強健的生命殞落。你看見大雨跟暴雷，那足以毀滅整個大龜文！」

「連首席女巫都感到害怕，還有誰能替戰士們向上天祈求勇氣，寒櫻，妳似乎沒有以前果決了。」固以直直盯著她，「那個龍國人改變了妳。」

「某方面來說是對的，他改變了我，讓我更加堅定。」

固以對這回答感到詫異，他覺得寒櫻顧忌變多，態度沒有從前純粹。這一切轉變都是從公治乘出現。

寒櫻比固以想的還泰然，她保持以往的冷靜，冷靜中又多了幾分洗鍊。甚至，冷靜的彷彿看透世事。

「我想實行上次提過的方法。」寒櫻平靜地說。

「不行！」固以激動地灑翻杯子，堅決反對道。他詫異地抹了抹唇邊的酒沫，想將寒櫻的話當成玩笑。

她要成為真正的風。之前伊拉露門已經提過此法，但傷害太大，後果無法掌控，不只傷害敵人，連自己也難以倖免。

「妳是我們最傑出的女巫，大龜文需要妳！」固以輕輕放下杯子，勸慰道：「即使我葬生在此，也不能犧牲妳。」

首席女巫對族人太重要了，與祖靈溝通、為族人祈福，主導族人的繁盛。可以說寒櫻的命不只屬於自己，她的存在乃大龜文的精神支柱，要是她不在，還誰能從千變萬化的徵兆揀選吉凶？

儘管戰況危急，固以還是拒絕伊拉露門的提議，更不會答應寒櫻。所有頭目都不會接受。

寒櫻嚴肅地按著固以的頭，如祭祀時藉此傳達上天的訊息，說：「山神說有死方有生，生死交替才會生生不息，我永遠不會是最好的，我的靈魂會化成甘霖，滋長新一代的生命。」

然後她飲下連杯一頭，另一頭則遞給固以。

「一定還有別的方法，讓我再想想——」

「靜下來，聽到你族人恐懼的心聲嗎？闔上眼，看見你摯愛的族人煎熬死去，靈魂無奈的飄往聖山嗎？大龜文的領導者，繼承祖先之名的固以，為你所愛的山林與族人勇敢取捨吧。」寒櫻用最淡然，也最誠敬的口吻說。

固以透過寒櫻的力量看見戰士的英魂，看著逐漸減少的族人，固以說不下去，無止盡的炮火讓他思緒遲鈍。

他沉默了。接過連杯，緩緩啜飲，答覆寒櫻的要求。

這都是為了延續族人的血脈。

「妳真的要這麼做？」固以仍不放棄。

「我跟所有戰士一樣，無畏無懼。」

寒櫻心意已決，她從鹿神的死體悟到萬物唯有常變才是不變真理。長生？愚昧。不死？愚蠢。千萬年歲終究為未來鋪墊，既然如此，寒櫻願意獻出她的年華，她的血軀一視同仁，告訴為這片山林而戰的人一個真摯永恆的道理。

夜深過半，固以召來在場的頭目，告訴他們寒櫻的決定。

「你們都走吧，明日這裡將成為最殘酷的絕境。」

在最古老的歌謠裡記載的，難以想像的巫法。甚至寒櫻也不確定能否成功。

氏里社頭目反對道：「萬一失敗了，只是白白損失妳的命，妳這樣是看不起我們的能耐！」

寒櫻莞爾，一抹笑靨表達無法改動的決定。

她確實受到公治乘的影響，縱使機率極低，也要粉身碎骨完成信念。她既嘲諷公治乘是個笨蛋，便相信自己有更偉大的使命，雖只有渺小的機會，但這條命絕對要發揮的淋漓盡致。

氏里社頭目深深嘆氣，敬了她一杯，所有頭目接續敬寒櫻一杯酒。

「我不會消逝，我將回到傳唱的聖山，與祖靈一同守護你們，永遠為你們祈福。我仍活著你們的歌謠，直到最後一個傳唱者口中。」

寒櫻需要絕對的寧靜，讓身體每一個微小的毛孔都充滿靈力。她坐在山頂的石崖，那裡的風景看下去很像迓仙崖，是個適合告別的地方。

來自異域的力量不停遏阻她吸取靈力，但寒櫻相當沉靜，讓那股力量徒勞無功。

她忖，待在迓仙崖的伊拉露門應該看見昨日的慘況，換成伊拉露門也會向固以這麼提議的。變成吹動山林的風，化成自然的一部分，正好是個完美的歸宿。

寒櫻努力思索父母的樣貌，儘管那是非常年幼的記憶，連模糊的影像也沒有，但那實實在在存於心底。實際上，伊拉露門更像她的母親，畢竟寒櫻被天神選成女巫後，就一直寄於伊拉露門門下，幾乎沒有人比這個年邁女巫還了解她。

除了公治乘。寒櫻曾經很好奇公治乘為何如此洞悉人心，似乎眼睛見到的都能精準評斷。但知道公治乘的真實身分後，才明白這不過是他賴以生存的技能。

她回憶離開前內文社前，唱了古謠給公治乘聽，然後公治乘仍不聽勸，不顧身體疲弱仍舊扯開話匣子。

「我自幼接受最嚴苛的訓練，為的是有朝一日報效皇恩，當細作刺探多年，從未失手，想不到卻差點喪命於蕞爾小島。幸好我的使命完成，否則愧對皇恩……」當時寒櫻不屑地說：「你想拿的都拿走了，何必在這裡裝可憐。」簡直得了便宜還賣乖。

「但現在我愧對妳。」

「沒錯，所以你能做的就是安靜，等你的人把你接走。」寒櫻靠在牆上，卻覺得身子僵硬。也許是因為屋子多了一個人。

起風了。微風吹散那晚回憶，將公治乘細弱的嗓音帶到遙遠的地方。

一仰頭，原本凝滯的陰雲再次湧動，雲層很低，像是一伸手便能觸碰。陰雲透著令人不舒服的氛圍，預告下一波駭人的攻勢即將到來。

寒櫻早知道的。她藉由空氣微小的振幅聽見尼德蘭人的碎語，以及拖榴彈炮的聲音，聽覺越來越細密，亦能感受樹木的呼吸起伏。山林還是活躍的，這很好，代表她熟知且喜愛的山林尚未被征服。

祖靈在她身旁舞動，為她祈福。

時候到了。寒櫻拋下種種瑕念，種種回憶，彷彿脫胎換骨，臉上不再擺露冰冷的神情，而是盈著祥和之氣。

她來到尼德蘭人的陣地，在數百雙眼睛中徐徐地走，毫無畏懼，捨下所有多餘的情緒。忽然她摸到手腕的孔雀珠，心裡不禁吹皺漣漪，但很快又平復下去。

馬兜道嚮導認得寒櫻，笑道：「這次終於讓硬脖子的大龜文低頭了。」

朗格在一隊火槍手簇擁中，他以為寒櫻來投誠，欣喜若狂地說：「寒櫻姑娘，雖然我們是敵人，但我敬佩妳，我打算讓妳擔任南鹿洲的聯絡人。妳將會得到數不盡的財富，擁有一切妳想要的東西，當然，作為交換，你們的鹿全歸我們公司，還有，最重要的一件事，那座黃金山城。」

朗格毫不掩飾垂涎。

「一千個人遠渡重洋，這是多麼可怕的開銷，我聽說你們有個會生成黃金的地洞，所以把山城的黃金給我，也不會有什麼損失吧？」

「很可惜，我想要的都在這裡，我來是要趕走我不想要的東西。」

「哦？」朗格莞爾道：「身為女巫，一定很明白昨天的雷雨是怎麼回事，妳必須小心妳的用詞，否則雷雨會跟炮彈一樣不盡。」

「很可惜，」寒櫻握住那串孔雀珠，淺淺一笑，「讓你事與願違。」

朗格的臉沉了下來，下令士兵射擊。

但一陣風猛力向四方掃射，枝葉為之顫動，連最壯碩的士兵都差點跌倒。

朗格被兩個士兵撐住，一臉狐疑，明明天候已經被他控制了，寒櫻怎麼可能喚出風？

風一陣吹過一陣，那些經驗豐富的士兵感到畏懼，他們知道接下來會發生什麼事。

「你們肯定抱著覺悟而來，這樣很好，毫無牽掛。」

這片戰場上的人都一樣，懷抱自己的夢想，為此看得比命還重。為財或為誰，都一樣的，所以誰都不能怨懟。

寒櫻長髮飄揚，落下那把蘊滿劇毒的石刀。

她的風裡含有鹿神的生命力。

葉片被颳離枝頭，形成綠色的雨滴，在空中無規則飄盪。

攻擊的命令亦被吹散，尼德蘭士兵不理會指揮官的命令，放下槍，緩緩退後，風暴正在醞釀。

更強烈的風力吹倒成排士兵，於是這些遠道而來的人們重蹈昨日戰士們的哀號，急速逃離。

寒櫻瞬然升到天上，進入厚重的雲層，她的身體慢慢分解，化成飽滿的靈力。或者說是風。

頃刻風停止，但人們仍在逃跑，一瞬的靜謐讓人們產生時間被切斷的錯覺。

一道紅光從寒櫻體內迸發，徹底與風靈同化，僅僅剎那的靜默在一聲巨響後終結。風吼，撕裂盤踞多日的烏雲，蒼穹猶如佈著血光，狂暴的風毫不留情，將沉重的榴彈炮捲起，倏然碾碎。

朗格也丟下所有裝備，盡全力逃亡。

暴風不僅摧毀尼德蘭人，也同樣肆虐山林，從山上到海岸，全進入可怕的暴風圈。巨大的炮船被吸入旋風，互相砸成一塊塊木板，最後變成木料雨。

每個地方都感覺到了，血色的天空，狂肆的暴風。所有人都躲著，不敢仰視。

這天除了風，其他都安靜了。

迓仙崖同樣受到狂風襲擊。

伊拉露門一手撫住亂髮，盯著震盪不安的海，八十年從未見過如此變異。

「寒櫻……」伊拉露門老淚縱橫，儘管經歷許多風霜，自以為能克制情緒，仍忍不住此刻的辛酸。

五日後，任碩總算返回內文社，他的手下嘰嘰喳喳說著那天的風多麼驚駭，他們用生命發誓沒見過這種場景。

尼德蘭的船與士兵全消失，狼狽退回安鎮港，將有好長一段時間不敢再踏入大龜文。但任碩不在意尼德蘭人，他風風火火向固以要人。

「他很好，已經能自由行走。」固以簡單回答，然後讓他們吃喝了一頓，催促他們快離開。任碩也不想久留，找到公治乘後，說：「都司大人，按照計畫，接應的船差不多要來了，我們趕緊回去吧。」

「等等，還有一件事沒完。」

「還磨菇什麼呢？」

公治乘雖然身體康復，但走起來一拐一拐，他推開任碩，急著詢問內文社的人寒櫻下落。只是每個人都沉默了，不肯多說，公治乘怎麼問都問不到答案。

接著固以派戰士驅走他們，公治乘只好摸摸鼻子離開。一個戰士偷偷告訴他：「大頭目要你去迓仙崖。」

公治乘驚喜地說：「對啊！伊拉露門肯定有答案。」

於是他不再眷戀內文社，催促眾人趕赴迓仙崖，只是他得到的是伊拉露門冷漠的臉孔。

「告訴我寒櫻姑娘去了哪裡？」

「算我拜託你了，大個子，把你的頭頭帶回去。」伊拉露門揮手驅道。

這不用提醒，任碩也會帶走公治乘。

但公治乘不買帳，他激動地捏著石壁，喊道：「寒櫻姑娘是不是不想見我？我只是想跟她道別，那天我還有許多話沒告訴她——」

「滾開，龍國人。」伊拉露門踹倒他，沒了平常的好脾性。「再不滾，這次小乖的毒牙絕對會要你的命。」

「好啊，反正我也不奢求活著，只要寒櫻姑娘肯聽我說完話，死不足惜。」公治乘強硬的說。

「都司大人——」任碩看著公治乘傷愁的模樣，想勸也勸不出個話，只得任他死耗著。

伊拉露門盯著公治乘可憐兮兮的表情，嘆了氣道：「你想要的都到手了，何苦？」

「我從未有想要的東西……我只、只是想見寒櫻姑娘一面。」

「好，你跟我說，我替你轉告。」

「我要當面說。」公治乘堅持。

伊拉露門搖頭，轉身進山洞，拿出公治乘贈給寒櫻的孔雀珠。

「這是什麼意思？」

「你如果不懂，就浪費你的聰明。」伊拉露門板著臉說：「你繼續待著只是浪費時間，你的『聖上』還有時間等你拖磨嗎？」

公治乘不禁一楞，任碩趁勢勸道：「都司大人要以聖上龍體為重啊！」

這一番話讓公治乘想起自己身分，一切大局為重。因此他不再爭鬧，向伊拉露門作揖道：「這段日子受妳照顧了。請告訴寒櫻姑娘，等我了卻君王事，必再來訪。」

「嗯。」

「走了！」任碩喊道。

這時伊拉露門叫住任碩，「你，大個子，過來。」

「嗯？」

「你知道你們這次走後，不會再回來吧？他這聰明人說這種傻話，讓人看了也難過。」伊拉露門從背袋掏出一顆黑珠子，交給任碩。

「這是何意？」

「上天選中女巫時，便會出現這顆隨身黑珠，你說這是什麼意思？反正你也聰明，之後交給那傢伙吧。」

「難道前幾日的大風……」

「好了，走吧。」

任碩謹慎收下黑珠子，快步離去。

飄著日月旗的福船已在海岸等待，公治乘踩在海水中，望向青山崇嶺，把大龜文的地勢再掃視一遍。

「都司大人，大局為重。」任碩再次提醒道。

「你說我還能重新踏上這裡嗎？」

「這、大人，我只擔憂北方戰事，與聖上龍體，至於鹿洲之事，此時不敢多想。」

「我一生漂泊，為聖上鞍前馬後絕不敢有半點怨言，今日卻覺得心在此紮了根。」公治乘摸著凹陷的右臉，「我還回的來，說完沒說的話嗎？」

他自個搖頭，失落地看向艦隊，前方才是他的家鄉。

伊拉露門看著八閩水師緩緩消失於海平面，最紛擾的人也離開了大龜文。

她揹著手走到洞內，小乖正捲著起長長的身子，護著一個稚嫩的身影。幼小的鹿神睡得很香甜。伊拉露門輕撫那柔順的皮毛，忖再過幾個月就能送去山神林了。

「生命便是生死構成的，死亡帶來新生，如此循環不已。這是一生最重要的體悟，對吧？」

她點起旱煙，悠悠唱道：

搖曳的火把在傍晚的山丘上，就好像一隻一隻螢火蟲在閃爍……

（全文完）

後記

相信很多人都聽過印加帝國的黃金城，神秘且讓淘金客魂牽夢縈，對我們而言彷彿存在另個世界的夢。儘管美洲距離遙遠，但將視線拉近些，就在我們生活的土地上，也有一則關於亮澄澄金子的故事，那就是位於南台灣的大龜文黃金山城。

大龜文是南排灣建立的準封建王國，亦即非鬆散部落聯盟，有著相對規模與組織，包含國家四要素。在各國紛紛到台灣進行貿易前，大龜文已屹立這塊土地許久，是南島語族的第一個王國。

傳言大龜文有座遍布黃金的黃金山城，引起當時荷蘭東印度公司的覬覦，《鹿洲戰紀》便奠基於大龜文的黃金山城傳說，形成奇幻化的十七世紀。本書出場的人物事大部分都有依據可循，例如狂暴孤奴，原型就來自排灣族流傳的巨人。所以對裡頭出現的名字或名稱感到怪異又熟悉的朋友，不妨把資訊餵給google大神，也許能得到「啊！對啦！就是這個！」的暢快感。

話說回本書的男女主角性格乍看天差地遠，一個寂靜，一個躁動；一個嚴肅，一個輕浮；一個冷淡若冰，一個熱情如火；一個為了族人可以慷慨赴義，一個為了私慾能夠出賣靈魂。

但大家已經知道公治乘前面——以下含雷，懇請讀完再配合使用——都在裝瘋賣傻，是替他所效忠的皇帝做事。問題來了，以一句「利聖上龍體安康，國運昌隆，萬民樂業。」就可以隨意予取予求嗎？從這一點來看，公治乘只是變成更龐大的自私體。

然而寒櫻呢，為了大龜文，不惜降下惡咒禍害斯卡羅，用保家衛國的角度似乎很妥當，站在斯卡羅的角度來看不正與公治乘做了類似的事情。勢如水火的兩人其實非常有共通性，即使超脫於世的寒櫻也是「貪婪」的。

並非刻意把人性塑造的如此險惡，這正是人在選擇過程中產生的道德悖論。我想這些問題很值得思考。

在安排公治乘殺鹿神時，我腦中不停浮現新聞報導說極端氣候將導致世界末日，甚至給上二〇××、二××××、×××××各種末日時間，無不是告誡人們若再與大自然強碰，將遭到可怕的反噬。為追求更好更方便的生活，或甚是以謀全球人民最大福祉為由的同時，我們是不是多多少少出現了公治乘的影子？

在人類發展跟環境保護之間如何取得平衡，如何讓北極熊有個安居樂業的家，確實是非常令人省思。

扯遠了。

然後——

感謝讀完《鹿洲戰紀》的朋友，感謝評審，感謝編輯，感謝所有為這本書付梓勞心勞力的人，最後容我感謝努力不懈堅持寫完的自己。

我們下次見。

樂馬　二〇一八年九月十五日　寫於自宅

釀奇幻22　PG2154

鹿洲戰紀

──第四屆金車奇幻小說獎決選入圍作品

策　　劃　金車文教基金會
作　　者　樂　馬
責任編輯　洪仕翰
圖文排版　周妤靜
封面設計　蔡瑋筠

出版策劃　釀出版
製作發行　秀威資訊科技股份有限公司
114 台北市內湖區瑞光路76巷65號1樓
電話：+886-2-2796-3638　傳真：+886-2-2796-1377
服務信箱：service@showwe.com.tw
http://www.showwe.com.tw
郵政劃撥　19563868　戶名：秀威資訊科技股份有限公司
展售門市　國家書店【松江門市】
104 台北市中山區松江路209號1樓
電話：+886-2-2518-0207　傳真：+886-2-2518-0778
網路訂購　秀威網路書店：https://store.showwe.tw
國家網路書店：https://www.govbooks.com.tw
法律顧問　毛國樑　律師
總 經 銷　聯合發行股份有限公司
231新北市新店區寶橋路235巷6弄6號4F
電話：+886-2-2917-8022　傳真：+886-2-2915-6275

出版日期　2018年10月　BOD一版
定　　價　240元

Printed in Taiwan

國家圖書館出版品預行編目

鹿洲戰紀：金車奇幻小說獎決選入圍作品.
第四屆 / 樂馬著. -- 一版. -- 臺北市 : 釀出版,
2018.10
面；　公分. -- (釀奇幻 ; 22)
BOD版
ISBN 978-986-445-283-5(平裝)

857.7　　107016108

讀者回函卡

感謝您購買本書，為提升服務品質，請填妥以下資料，將讀者回函卡直接寄回或傳真本公司，收到您的寶貴意見後，我們會收藏記錄及檢討，謝謝！如您需要了解本公司最新出版書目、購書優惠或企劃活動，歡迎您上網查詢或下載相關資料：http:// www.showwe.com.tw

您購買的書名：________________________________

出生日期：________年________月________日

學歷：□高中（含）以下　□大專　□研究所（含）以上

職業：□製造業　□金融業　□資訊業　□軍警　□傳播業　□自由業

□服務業　□公務員　□教職　□學生　□家管　□其它_____

購書地點：□網路書店　□實體書店　□書展　□郵購　□贈閱　□其他

您從何得知本書的消息？

□網路書店　□實體書店　□網路搜尋　□電子報　□書訊　□雜誌

□傳播媒體　□親友推薦　□網站推薦　□部落格　□其他__________

您對本書的評價：（請填代號　1.非常滿意　2.滿意　3.尚可　4.再改進）

封面設計____　版面編排____　內容____　文／譯筆____　價格____

讀完書後您覺得：

□很有收穫　□有收穫　□收穫不多　□沒收穫

對我們的建議：________________________________

____

____

____

請貼
郵票

11466
台北市內湖區瑞光路 76 巷 65 號 1 樓
秀威資訊科技股份有限公司 收
BOD 數位出版事業部

（請沿線對折寄回，謝謝！）

姓　　名：________________　年齡：________　性別：□女　□男

郵遞區號：□□□□□

地　　址：____

聯絡電話：(日) ________________ (夜) ________________

E-mail：____